南町 番外同心２

八丁堀の若様

牧 秀彦

時代小説

二見時代小説文庫

JN071361

南町　番外同心２――八丁堀の若様

目　次

第一章　狙われた芝居町

一

庭の井戸端では若い男が二人、洗顔と歯磨きを済ませたところであった。

「さすがは若様、夜も明けきらねぇうちから拳法の稽古たぁ熱心なこったぜ」

えらの張った顎《あご》から水を滴らせて微笑んだのは沢井俊平《さわいしゅんぺい》。よれよれの浴衣《ゆかた》を帯も締めずに引っ掛け、洗い晒《ざら》しの褌《ふんどし》を露《あら》わにしていた。

「銚子屋《ちょうしや》殿が申すには行き倒れかけたのを救われ、息を吹き返せし後は一日たりとも欠かしていないそうだ。若様も習い性になっておるのだろう」

咥《くわ》えていた房楊枝《ふさようじ》を口から抜いて、端整な顔を綻《ほころ》ばせたのは平田健作《ひらたけんさく》。幼馴染みの俊平と同様に古びた浴衣を寝間着にしながらも半幅の帯を締め、品《ひん》の下がった雰囲気を感じさせずにいた。

坊主頭の拳法使いの青年を『若様』と呼ぶ俊平と健作は当年取って二十六。両国《りょうごく》橋《ばし》を渡って大川《おおかわ》を越えた先の本所《ほんじょ》で生まれ育った御家人の倅《せがれ》である。

南町奉行の根岸肥前守鎮衛《ねぎしひぜんのかみしずもり》に見込まれて、八丁堀《はっちょうぼり》の組屋敷で共に暮らし始めたのは卯月《うづき》の末。生まれも育ちも異なる男たちに子どもを交えた雑居暮らしも、早いもので二月《ふたつき》が経とうとしていた。

「沢井、このところ親父殿や兄上殿と会《お》うておらぬであろう」

房楊枝のしずくを払い、健作が問いかける。

「ああ。南のお奉行のおかげで食い扶持《ぶち》にありついたんでな……厄介者《やっかいもの》の部屋住みが出てってくれて、みんな清々《せいせい》してるだろうよ」

首に掛けていた手ぬぐいを取り、顔を拭きながら俊平が答えた。

無頼《ぶらい》の博徒《ばくと》さながらの、伝法《でんぽう》な物言いが板についている。仮にも武家でありながら格式張った物言いをしないのは町奉行所勤めの廻方《まわりかた》同心の特徴だが、御家人も負けてはいない。そのざっくばらんな言葉遣いは、当時十《とお》の少年で本所に住んでいた勝小吉《かつこきち》が子孫への戒《いまし》めに執筆した『夢酔独言《むすいどくげん》』、そして倅の勝海舟《かいしゅう》こと麟太郎《りんたろう》の語りの記録が示すとおりである。

「それは俺も同じだが、顔を見せにくらいは参ってはどうだ」

「沢井家《うち》はお前さんとこみてぇに、実は仲良しってわけじゃねぇからなぁ」

重ねて促す健作に、俊平は苦笑いをして見せた。

「恥ずかしいんで黙ってたんだがな、親父の野郎は俺の面《つら》ぁ見るたびに木刀を向けてきやがるんだよ。これしきの腕で道場破りを重ねたとは片腹《かたはら》痛えって、説教だけじゃ飽き足らずに本気で打ち込んでくるんで、面倒臭くっていけねぇやな」

二人が先頃まで住んでいた本所の割下水《わりげすい》は、微禄《びろく》の御家人が多く暮らす一帯でも特に環境が劣悪な、通称どおり下水が流れる地である。

そもそも御家人は将軍に拝謁《はいえつ》を許されぬ御目見《おめみえ》以下で、知行地《ちぎょうち》も与えられない蔵米取《まいど》りだ。御役目に就いても旗本と違って裃《かみしも》を纏《まと》うことはなく、出世をして江戸城中で執務する立場となっても羽織袴しか着られない、将軍家の御直参とは名ばかりの存在であった。

そうした旗本より格下の御役目にさえ就けずにいれば、尚のこと肩身は狭い。

俊平と健作が生まれ育った本所の割下水は、無役《むやく》の貧乏御家人の吹き溜まり。

武士に必須の素養である武芸と学問を身に付けさせるため、我が子を道場や学問所に通わせるのもままならない。そこで斯道《しどう》に秀《ひい》でた者が御家人仲間の子どもを集めて手ほどきをすることが習わしとなり、俊平と健作の父親は剣術と学問の基本を教える役目をそれぞれ担っていた。

貧しいことを理由に、弱さと無知を是《ぜ》としてはならない。

そんな信念を持った大人たちから教えを受けたが故《ゆえ》、健作は無頼を気取りながらも節度を忘れず、伝法な言葉も遣わずにいる。

しかし俊平にとって、父親は良き先達《せんだつ》ではなかったのだ。

「おぬしに厳しいことは存じておったが、そこまでなさるのか？」

「お前さんにはいい師匠だったのかもしれねぇが、ありゃ鬼だぜ」

信じ難い様子の健作にさらりと答え、俊平は釣瓶《つるべ》を下ろす。滑車《かっしゃ》を用いず、竹竿《たけざお》の先に付けた釣瓶で汲み上げたのは、地中の樋《ひ》を通して供給される水道水だ。

「へへっ……潮《しお》っ気《け》の交《く》じらねぇ上水《じょうすい》が使い放題たぁ、これだけでもお奉行の誘いに乗った甲斐があるってもんだぜ。気位ばっかり高くって甲斐性なしのくそ親父の言うことなんぞ聞いたって、何の役にも立ちゃしねぇ」

俊平は汲み上げた水を惜しみなく桶《おけ》に注ぎ、ざぶざぶと手ぬぐいを濯《すす》いだ。水道が引かれていない本所と深川《ふかがわ》では船に積んで売りに来るのを買い求め、飲用と煮炊きに供するのみの貴重なものだ。

「左様に悪しざまに申すでない。親父殿のおかげで助かったこともあったはずぞ」

負けじと問う健作は、男同士でも見惚《みと》れるほどの二枚目だ。中途半端に整っているだけならば俊平とて気後れはしないが、なまじの役者が及びもつかぬ美男の幼馴染みとは子どもの頃から言い争いに及んで勝てた例《ためし》がなかった。

「……そうだなぁ」

濯いだ手ぬぐいを絞りながら、俊平は口を開いた。

「河原崎座《かわらさきざ》でお目にかかった松助《まつすけ》の芝居が上手《うま》すぎて、何でもかんでも幽霊に見えちまうようになった時は墓石に一晩じゅう縛り付けられる荒療治をされたっけな。もうすぐ元服《げんぷく》って年だったのに、近所のちびどもに示しがつかなくなっちまったのは困りもんだったけどよ」

「あの折のことは覚えておるぞ。怖がりのままで居《お》るよりは良かったではないか」

「ちっ、嫌なことを思い出させるなってんだ」

「はは、怒るな怒るな」

立腹したのを安堵《あんど》の笑みで受け流し、健作は視線を巡らせた。

釣られて俊平も注視する。

二人の視線の先には若様。

休む様子もなく、拳法の形稽古《かたげいこ》に勤《いそ》しんでいる。

燦々《さんさん》と降り注ぐ朝日の下で拳《こぶし》を繰り出し、蹴りを放つ。

袖と裾の軽やかに鳴る音が、遠間《とおま》に立つ二人の耳まで届いた。

「相変わらず切れがいいぜ」

「まことだな」

感心した俊平のつぶやきを受け、健作は頷いた。

「あれは門前の小僧の域に非《あら》ず。しかるべき師の下《もと》にて十年余りは精進致さねば会得《えとく》できぬ業前《わざまえ》だ。望むと望まざるとにかかわらず……な」

「若様が手前《てめえ》で望んで始めたことじゃねぇ、って言いてぇのかい？」

「分かるのか、沢井」

「やんごとなき生まれなのは、あの品《ひん》のいい顔を観りゃ察しがつくぜ。貧乏御家人と侮《あなど》る奴らを黙らせるために腕を磨かにゃならなかった俺たちと違って、結構なご身分だったに違《ちげ》えねぇや」

「乳母日傘《おんばひがさ》で育ったのならば、厳しい修行を積むこともなかったはずぞ」

「そうは問屋が卸さず、寺に預けられちまったんだろうよ」

「助命と申さば聞こえはいいが、厄介払いをされたに相違あるまい」

「その厄介払いをした先が俺やお前さんでも歯が立たねぇ、唐渡《からわた》りの拳法を伝える寺とは思いもよらなかったんだろうな」

「存じておったのならば預けはすまい。若様が来《こ》し方を思い出さば、そやつらは無事では済まぬのだからな。一国の大名か、あるいは大身《たいしん》の旗本やもしれぬが、ご家中で未だ幅を利《き》かせ、私腹を肥やしておるのならば尚のことぞ」

「まず無事にゃ済むめぇな」

「左様。あの鉄拳にて制裁され、二目《ふため》と見られぬ様《さま》となるだろう」

「せっかく肥やした腹も、ぺしゃんこにされちまうわけだな」

「されど、若様には成敗《せいばい》まではできまいよ」

「だろうな」

　健作のつぶやきに俊平は頷いた。

　若様が並々ならぬ手練《てだれ》なのは、もとより承知の上の二人である。

　同時に、その拳が人を殺すための技に非ざることも知っていた。

　武士の心得とされる武芸は弓馬刀槍《きゅうばとうそう》に柔術の原形と言われる小具足《こぐそく》、そして水練《すいれん》と呼ばれる泳法に至るまで合戦《かっせん》で行使する、つまり敵を倒して首を取ることを想定しているが、唐土《もろこし》の少林寺《しょうりんじ》に端《たん》を発する拳法は僧が学ぶ護身の術。危害を加えようとした相手の動きを止めて難を逃れ、命までは奪わないのが前提だった。

それを二人に教えてくれたのは、御家人仲間の平山行蔵《ひらやまこうぞう》だ。

子竜《しりゅう》の号《ごう》を持つ行蔵は当年五十三。代々の伊賀組《いがぐみ》同心の家の一人息子ながら御役目には身を入れず、四谷《よつや》の北伊賀町《きたいがまち》に拝領した組屋敷を兵原草蘆《へいげんそうろ》と称する稽古場にして武芸を指南する一方、未だ妻子を持たずにいる。

行蔵の指導は激烈で大半の者が長続きしなかったが、武芸十八般を極めた上に膨大な数の武具と文献を蒐集《しゅうしゅう》し、実践と研究に勤しむのを支持する者は多い。かつて幕政改革の一環で武芸を奨励した、元老中首座の松平越中守定信《まつだいらえっちゅうのかみさだのぶ》もその一人であった。

「平山先生のお見立てどおりなら、若様は相手が誰だろうと殺しはしねぇぜ」

「さもあろう。そもそも拳法の当て身とは経絡《けいらく》を狙うて撃ち、動けなくする技だ」

「目潰しと金的《きんてき》蹴りもだ。ちょいと不意を衝くだけで、親指まで突っ込んだり玉無しにしちまうわけじゃねぇ」

「言うなれば有情《うじょう》の拳……それが若様の強みであり、弱みでもあるな」

「相手が悪けりゃ足元をすくわれちまうぜ」

「そうさせてはなるまいぞ、沢井」

「分かってらぁな。他の野郎に勝手な真似はさせねぇよ」

念を押されて不敵に笑う俊平は、若様の強さを誰よりも理解している。

江戸に来て以来、ずっと勝負を挑み続けてきたからだ。

銚子屋の家付き娘のお陽《よう》を巡って争い、敗れ続けること五十回。

若様が原因を作ったわけではない。

きっかけはお陽が一方的に若様へ想いを寄せ、そのお陽をかねてより嫁にしようと狙《ねら》っていた俊平が怒っただけのこと。

にもかかわらず、若様は律義に勝負に応じた。

本気で挑みかかる俊平の力を逆手《さかて》に取り、いとも容易《たやす》く投げてしまう。

それでいて投げっぱなしにはせず、腕を支えることを忘れない。

そんな配慮のおかげで、俊平は未だ一度も怪我を負ってはいなかった。

若様は過去の記憶を失っている。

相手の命を奪わず、不必要に傷つけるのを避ける仏の教えまで忘れていたとしても不思議ではなかった。

拳法は、使い手次第で殺人の術にも成り得る。

若様の拳法がそうならなかったのは、技のみならず用いる上での心得まで、頭ではなく体で覚えていたからだ。

拳を交えることは、相手を理解することに繋がるという。

再三挑み続けた俊平は知っていた。

若様は敬うに値する、大きな器《うつわ》を持っている。

その器を生かすも殺すも当人次第ではあるが、記憶を失っている間は周りで支えることが必要だ。

幸いにも若様は、町奉行、それも南の名奉行と誉《ほま》れの高い根岸肥前守鎮衛の許《もと》に身を寄せることが叶った。

とはいえ、鎮衛は何の見返りも求めずに若様を庇護《ひご》したわけではない。

俊平と健作、そして銚子屋のお陽と父親の門左衛門《もんざえもん》を交えた五人が請け合う運びとなったのは、南町の捕物御用を陰で助けること。

報酬は、この組屋敷を空家にすると同時に浮かせた三十俵二人扶持《ぶち》だ。

正規の町方役人と違って一番組から五番組のいずれにも属さない、言うなれば番外の働きを同心一人分の俸禄《ほうろく》で賄《まかな》おうとは虫が良い。

しかも身寄りのない三人の子どもを同居させ、衣食の面倒を見ることまで任されたのである。

虫が良いにも程があろうというものだが、俊平に不満はなかった。

お陽のことを諦めたわけではない。

だが今は若様と共に暮らし、働けることが楽しい。

「さて、朝の支度を済ませちまうとしようかい」

俊平はひとりごちると、節くれ立った指を伸ばす。

取ったのは井桁《いげた》の上に置いていた剃刀《かみそり》。

水で濡らした無精髭《ぶしょうひげ》に刃を当て、じょりじょりと剃り落としていく。

「おや、おぬしが髭を剃《そ》るとは珍しいな」

「そいつぁお前さんも同じだろうが。八丁堀に来る前は日髪《ひがみ》なんざ野暮《やぼ》なこったたって言ってただろ」

「仕方あるまい。郷《ごう》に入らば郷に従え、と申す故な」

剃刀を動かしながら問う俊平に、健作はつるりとした額を撫で上げて微笑んだ。

髪と髭の手入れを毎日行うのは町方役人に限らず武家の習いだが、洒落者《しゃれもの》の間では月代《さかやき》は剃って二日目の見栄えが一番良いということになっている。健作も元結《もとゆい》代わりにこよりで髷《まげ》を結う一方、月代は左様にするのが常だった。

しかし今では日髪日剃《ひぞり》が習慣となり、野暮だとぼやきもしなかった。

二

「お早うございまする」

　稽古を終えた若様が井戸端に歩み寄ってきたのは、健作が汲んでやった水で俊平が顔を洗い終えた時だった。

「おう」

「いつも早いな、若様」

　俊平は不愛想に、健作はにこやかに朝の挨拶を返した。

　そこに二人の子どもが駆けてくる。

　まだ髪置きをしている年頃の、愛くるしい幼子である。

「ごはんがたけたよう、わかさま—」

「ほら、はやくはやく！」

　たどたどしくも可愛らしい口調《くちょう》で急《せ》かす二人の名前は、太郎吉《たろきち》とおみよ。去る卯月の末から若様らと寝食を共にしている子どもたちだ。

「はいはい、それでは参りましょうか」

笑顔で答えた若様は、幼いきょうだいの手を引いて歩き出す。

勝手口を潜《くぐ》った先の土間では、二人の兄の新太《しんた》が炊き立ての白飯をおひつに移している最中だった。

年季《ねんき》の入った竈《かまど》の前では、お陽が鉄鍋に味噌《みそ》を漉《こ》し入れていた。

「お早う、若様」

若様が入ってきたのに目敏《めざと》く気付き、呼びかけるお陽の顔には満面の笑み。

男所帯では子どもたちの面倒を見るのもままならないからと八丁堀に日参し、家事万端をこなしてくれるのは毎度のことである。

「お早うございます。いつもすみませんね、お陽さん」

「そんな堅いこと言わないの。あたしは好きでやらせてもらってるんだから」

「いや、お任せしてばかりでは銚子屋さんに申し訳が立ちませんから」

「それじゃ、お鍋を運んでもらえる？」

「はい、お安いご用ですよ」

「ありがと、若様」

恐縮しきりの若様に笑顔で告げるお陽は、娘盛りの十八だ。深川でも指折りの分限《ぶげん》者《しゃ》の一人娘とあって縁談は引きも切らなかったが微塵《みじん》も興味を示さず、いずれ若様を婿に迎えるべく、虎視眈々《こしたんたん》と機を窺っていた。

「あのーお陽殿、俺にも何ぞ手伝わせては……」

「止《や》めておけ。男は台所に立ち入るものではないと、親父殿も常々言うておられたであろう？」

未練がましく申し出ようとした俊平の襟首を、すかさず健作が引っ摑んだ。

「離さねぇか、平田っ……」

「黙りおれ、この野暮天め」

抵抗空《むな》しく俊平が連れて行かれた先は、台所の続きの板の間。

太郎吉とおみよは甲斐甲斐しく膳を運び、七輪《しちりん》で炙《あぶ》った目刺《めざ》しと小皿に盛った香《こう》の物を添えていく。

並んで座った俊平と健作の前にも、漆塗《うるしぬ》りの膳が用意された。

「はい、どうぞ」

「もうすぐたべられるからね」

「お、おう」

無邪気な笑みを向けられては、俊平も大人しくするより他にない。

「かたじけない」

隣に座った健作も、幼子たちに笑顔で礼を述べる。

そこに若様が鉄鍋を提《さ》げてきた。

後に続く新太は、おひつを大事そうに抱えている。

新太と太郎吉、おみよの三人きょうだいは卯月の江戸において猖獗《しょうけつ》を極めた流行《はや》り風邪で両親を亡くし、寄る辺《べ》を失った身の上だ。

親類縁者も居ない孤児は里子に出されるのが御定法《ごじょうほう》だが、きょうだいが離れ離れになるのを嫌がった太郎吉とおみよを新太は見捨てておけず、町役人《ちょうやくにん》の許を抜け出して市中を彷徨《さまよ》っていたところを悪党に利用され、危うく命を落としかけたのを若様らに救われた。

新太らは助けられるだけでは良しとせず、許し難い悪党一味を南町奉行所が召し捕る手伝いを申し出て、子どもながらに役目を見事に果たした。その功績を奉行の鎮衛に認められ、組屋敷で共に暮らすことを許されるに至ったのだ。

太郎吉とおみよは飯碗と汁椀を盆に載せ、お陽がよそう端から運んでいく。

慎重にして速やかな配膳は、幼いながらに手慣れたもの。人に給仕をするどころか自分の器さえひっくり返しがちな年とは思えない。

「ごめんくださいまし」

訪《おとな》いを入れる声が玄関から聞こえてきたのは配膳が調《ととの》い、一同が箸を取ろうとした時のことだった。

同心の組屋敷の木戸門《きどもん》は、もとより番人など置いてはいない。

「すみませんねぇ若様、いつも狙いすましたみたいに押しかけちまって……」

髪結いの道具一式を収めた箱を片手に、勝手知ったる様子で板の間まで入り込んできたのは、婀娜《あだ》っぽい雰囲気を漂わせる中年増《ちゅうどしま》の女人。与力も同心も日髪日剃を旨《むね》とする八丁堀の朝に欠かせない、廻り髪結いだ。

「お早うございます、お波《なみ》さん」

嫌がる素振《そぶ》りも見せずに迎えた若様に続き、太郎吉とおみよも笑顔を浮かべた。

「おねえちゃん、おはよう！」

「はい、どうぞ！」

「はいはい、いつもありがとね」

すかさず運んでもらった膳を前にして微笑むお波は、俊平が用心棒代わりに出入りしていた西両国《にしりょうごく》の女軽業《おんなかるわざ》一座の元座頭《ざがしら》である。

三人きょうだいを利用した悪党一味に潜《もぐ》り込むこととなった若様が博徒を装うために精巧な鬘《かつら》を用意したのみならず、舞台の経験を生かして本物らしい立ち居振る舞いまで指南する役目を果たして以来、お波は毎朝のように足を運んでくる。その狙いに気付いていないのは幼い二人と、目を付けられた当人の若様のみだった。

「……それじゃ、いただきましょうか」

険《けん》を含んだお陽のつぶやきを合図に、一同は改めて箸を取った。

「あー美味しい、銚子屋のお嬢さんはいいお嫁さんになりそうですねぇ。若様もそうお思いでございましょ？」

お波は盛んに褒めそやしつつ、流し目で色っぽく若様を見やる。

「はは、左様ですね」

笑顔で答える若様は、お陽が寄せる好意にも未だ気付いてはいなかった。

三

清水《しみず》屋敷では起床した菊千代《きくちよ》が、朝の行事をこなしている最中であった。

宿直《とのい》の目を盗んで床を抜け出し、夜が明ける前から稽古に励んでいたことはおくびにも出しはしない。

今朝もお付きの面々に世話をされるがまま、人形の如く振る舞っていた。

しずしずと運ばれてくる耳盥《みみだらい》の水で顔を洗って口を漱《すす》ぎ、着替えて早々に足を運ぶ先は仏間である。手を合わせる位牌《いはい》は清水徳川《とくがわ》の初代当主の重好《しげよし》と、二代当主で体《たい》門院《もんいん》と戒名《かいみょう》を付けられた腹違いの兄の敦之助《あつのすけ》だ。

部屋に戻れば待ち受けていた御髪番《おぐしばん》が月代を剃り、髪を結う。

髭が生えるにはまだ早い身にとって、剃刀を当てられるのはさっぱりするどころか気持ちが悪いだけだった。

後に控えているのは日髪日剃に増して気の重い、御付きの医師による診察だ。

「御畏《おおそ》れながら、ちと腕白《わんぱく》が過ぎることと拝察《はいさつ》つかまつりまする……」

言葉を選んで注意されたのは肌脱ぎにならずとも見て取れる、独り稽古で鍛え上げられた成果の肉体。午後の入浴の際に付き添う湯殿番《ゆどのばん》も口には出さぬが、きっと同じことを言いたいのだろう。

「若気の至りじゃ。大目に見よ」

努《つと》めて大人びた口調で答えたのは、父や祖父に進言されるのを防ぐため。同席した一同にも聞こえるように声を張るのは、誰が告げ口をするのか分かったものではないからだ。

気の休まる暇もなく診察を終えれば、ようやく朝餉にありつける。

味付けが薄い上、毒見を重ねて冷めきっているのは毎度のことだ。

豪勢なれども味気ない食事を済ませ、登城の支度に取りかかる。

卯月八日の騒ぎから外出を禁じられている菊千代だが、千代田の御城中での行事に出席することまでは差し止められてはいない。少年の身であっても徳川御三卿《ごさんきょう》の一柱を占めるからには折に触れ、健在ぶりを臣下に示す必要があるからだ。

本日、水無月《みなづき》の十六日に催されるのは嘉祥《かしょう》（嘉定《かじょう》）の儀。

将軍が大名と旗本に、御台所《みだいどころ》が大奥の女たちに直々に縁起物の菓子を配り、疫病《えきびょう》を招《あ》く悪しき気を祓《はら》うことを祈願する、宮中の伝統に倣《なら》った行事だ。

大奥で育てられていた幼い頃には無邪気に喜んだものだが、今の菊千代に何の感慨も有りはしない。料理は薄味なのに菓子にはふんだんに砂糖を用い、甘ったるくするのも気に食わぬことだった。

「殿？」

口には出せぬ不満を抱いていると、遠慮がちに呼びかけられた。

いつの間にか袴の着付けが終わっていたらしい。

「苦しゅうない」

ぴんと張った肩衣《かたぎぬ》をそびやかし、菊千代は廊下に出た。

三つ葉葵《あおい》の乗物で清水屋敷を後にして、向かう先には大手御門《おおてごもん》。

独り稽古に熱中している時と別人の如く、表情のない顔で駕籠に揺られる少年にも一つだけ、本日の登城で喜ばしいと思えることがあった。

嘉祥の儀に列席する大名は、折よく江戸参勤中だった者たちだけではない。公儀の役職を仰せつかり、未だ任を務めている大名も御城中の大広間に集められ、席次の順に菓子を拝領することとなっている。

菊千代が信頼を寄せる松平越中守定信も、御役目で在府中の大名の一人である。

会津藩主《あいづはんしゅ》の松平家と共に拝命した、昨年来の御役目は江戸湾の防備。前職の老中首座とは比べるべくもなかったが、房総《ぼうそう》の沿岸を受け持つ定信は現地の視察に赴《おもむ》く以外の時は江戸に留まり、御城中で行事があれば登城する。

定信が清水屋敷に出入りすることを快く思わぬ家斉《いえなり》と治済《はるさだ》も、登城中にたまたま顔を合わせた態《てい》を装われては文句をつけられまい。

今日こそ定信に催促し、約束を叶えてもらおう。あの拳法使いを探し出し、教えを受けることができるように取り計らってもらうのだ――。

そう切望する菊千代は拳法使いの青年が八丁堀の組屋敷に居を構え、周りから若様と呼ばれているとは思いもよらない。南町奉行に見込まれて、番外同心という立場となっていることも、未だ知る由《よし》はなかった。

四

根岸肥前守鎮衛が預かる南町奉行所は、数寄屋橋《すきやばし》の御門内に在る。

朝餉を終えて八丁堀を後にした若様は、俊平と健作を伴った三人連れで数寄屋橋を渡り、番士が見張りを欠かさぬ御門の前に立った。

本多髷《ほんだまげ》の鬘《かつら》で坊主頭を隠し、士分を装った上でのことだ。

若様は、三人のきょうだいが悪党一味に利用され、無実の罪で連行されたのを助けようと南町奉行所に乗り込んだことがある。

縁があって知り合った子どもたちのために釈明をすべく足を運んだものの門前払いをされてしまい、やむなく押し通ったのを殴り込みの狼藉《ろうぜき》と見なされ、行く手を阻む者を二人三人と投げ倒していく内に、大事《おおごと》となってしまったのである。

すんでのところで間に合った鎮衛が両成敗《りょうせいばい》として罪に問わなかったため、心ならずも失神させた面々に街中で出くわしても今さら御用にはされまいが、奉行所に堂々と出入りをしてはまずい。

そもそも鎮衛が若様らに任せた番外同心は南町奉行所の捕物を人知れず助太刀《すけだち》する立場であり、公に名乗るわけにはいかない。

若様の江戸での人別《にんべつ》（戸籍）は、銚子屋が所有している佐賀町《さがちょう》の長屋の木戸番。

そして現在は銚子屋が寮（別荘）として借り受けたことにされた組屋敷の留守番を俊平と健作、そして三人きょうだいと相勤め、士分ながら浪々《ろうろう》の身ということにして、大小の二刀は帯びずに脇差のみを腰にした態にて毎日を過ごしていた。

そのようにさせた上で鎮衛は万全を期し、組屋敷に迎えを寄越すのが常だった。

ひとたび顔見知りになってしまえば番士とて恐れるに及ばないが、厄介なのは新顔の者に見咎められた時である。

「これなる三名は我が殿の名指しにより、警固役を仰《おお》せつかりし者どもにござる」

新顔の番士にもっともらしく釈明する田村譲之助《たむらじょうのすけ》は六尺豊かな大男。根岸家に二代に亘って仕える家臣で、南町奉行所では父の又次郎《またじろう》と共に内与力《うちよりき》として御用を担っている。肩書きこそ与力となっているものの、鎮衛を上役ではなく主君と仰いで支える存在だ。

「ということは南のお奉行……肥前守様におかれては、用心棒がご入り用になられたのか？」

見上げるばかりの長身に気圧《けお》されながらも、小柄な番士は譲之助に問いかけた。

「お手前がたも知ってのとおり町方御用は危険を伴い申す。それがしも一命に替えて殿をお守り申し上ぐる所存なれど、腕の立つ者が多いに越したことはござるまい」

答える譲之助の態度は真摯そのもの。

敬愛する主君のためならば、真っ赤な偽りも平然と口にしてのけるのが忠義であると思えばこその態度であった。

「左様な次第にござれば是非には及び申さぬ。お通りくだされ」

もっともらしい口上《こうじょう》に加えて常人離れした譲之助の体格に圧倒され、番士は一同の通行を許可した。

「……ご雑作《ぞうさ》をおかけしました、譲之助さん」

無事に数寄屋橋御門を潜った若様は、先を行く譲之助に声を潜《ひそ》めて謝意を告げた。

「……何事も殿のご意向があっての事だ。礼を申すには及ばぬぞ」

譲之助は広い背中越しに淡々と答えながらも、満更《まんざら》ではない様子。南町奉行所に乗り込んだ若様と拳を交え、その強さのみならず裏表のない人柄にも感じ入っていたが故のことだった。

町奉行所には奉行が家族と共に暮らす役宅が併設されている。表の門は与力と同心が詰める役所と共用だが、裏門を用いれば見咎められる恐れはない。

譲之助に先導され、常の如く人目を忍んで役宅に入った若様らは鎮衛の私室に至る廊下を渡りゆく。

「殿、番外同心衆を召し連れましてございまする」

「おお、待ちかねたぞ」

敷居際から言上《ごんじょう》した譲之助に、鎮衛は鷹揚《おうよう》な笑みで応じた。

根岸肥前守鎮衛は、当年取って七十五。南の名奉行として評判を取り、今年で十三年目となる身であった。

「されば、ご無礼をつかまつりまする」

慇懃《いんぎん》に答えた譲之助は、膝立ちとなって敷居を越える。

後に続く若様らも同様にして、鎮衛の前に膝を揃えた。

「おぬしたち、いつもながら大儀《たいぎ》だの」

一同の労をねぎらう鎮衛は、登城用の装いである麻裃《あさがみしも》。今日はたまたま嘉祥の儀と重なっていたが平素から昼間は御城中に詰め、市中の行政と司法に関する老中たちの諮問《しもん》を受けるのが日々の御役目だった。

「お奉行こそ、毎日ご苦労に存じ上げまする」

「痛み入る」

代表して礼を返した若様に応じる鎮衛の口調は、親しみを込めながらも素っ気《そっけ》ないものだった。

片や五百石取りの旗本にして、南の名奉行。

片や出自《しゅつじ》も定かではない、一介《いっかい》の拳法使い。

分《ぶん》の違いは明らかだったが、それは表向きのことにすぎない。

鎮衛は上座で背筋を伸ばしながらも、若様に深々と目礼をしていた。

老いても炯々《けいけい》とした瞳に映じたのは、本多髷の鬘を被った青年の姿だけとは違う。

膝を揃えた若様の背後にたたずんでいたのは瓜二《うりふた》つの相貌《そうぼう》をした、三つ葉葵の紋付を纏った壮年の武士。

朝の陽光の下に浮かんだ姿は淡く、この世のものに非ざると分かる。

その俗名は、徳川重好。

清水徳川家の初代当主にして、若様の亡き父君である。

鎮衛には霊魂《れいこん》を視て取る心眼《しんがん》が、少年の頃から備わっていた。

子をなさぬまま没したはずの重好に、男子が存在したとの記録はどこにもない。

人知れず誕生した隠し子が何処かの寺に預けられて成長し、清水徳川家の真の後継者として生きている事実を知るのは鎮衛と、その心眼を信じた北町奉行の永田備後守《ながたびんごのかみ》正道《まさみち》、そして当の若様のみ。

番外同心に任じる上で鎮衛が語った真相を、若様は未だ誰にも明かしていない。臣下の礼を取ろうとした鎮衛に対し、二人だけになった時以外は自然に振る舞ってほしいと頼み込んだのは、何ら野心を抱いていないが故だった。

「お奉行、こたびは如何なる御用にございまするか」

鎮衛に向かって問う態度にも、もとより驕《おご》りなど微塵もない。

表沙汰になれば望まぬ騒動を招くであろう出自を隠し、非礼を承知で配下に据えることによって庇護せんとしてくれた鎮衛の配慮に報いる所存であった。

「されば申しつくる故、しかるべく頼むぞ」

鎮衛は一同に向かって告げながらも、若様への目礼を失さなかった。

「大和屋《やまとや》の三代目に、命を貰うって脅しの文が届いたってんですかい……!?」

話を切り出されるなり、驚いた声を上げたのは俊平であった。

「三津五郎《みつごろう》と申さば当代で一、二を争う人気者。客席で盛んに張り合《お》うておる加賀屋《かがや》贔屓《びいき》の連中と申せど、そこまでするとは思えませぬ」

驚きの余りに絶句した俊平に続いて、健作も信じ難い様子で鎮衛に問いかけた。

大和屋の屋号を持つ坂東《ばんどう》三津五郎は、加賀屋こと中村歌右衛門《なかむらうたえもん》と人気を争う歌舞伎《かぶき》役者である。

共に名門の三代目を継いだ二人の争いは舞台で芸を競うだけに留まらず、贔屓の客同士が殴り合いに及ぶほどに白熱していた。

とはいえ脅迫状を、しかも殺害の予告を送りつけるとは考えられぬことだった。

文化《ぶんか》八年現在、江戸の歌舞伎は新たな黄金期を迎えようとしている。

公儀から常設の芝居小屋を構えることを許された江戸三座、とりわけ日本橋《にほんばし》堺《さかい》町《ちょう》の中村座と同じく葺屋町《ふきやちょう》の市村座《いちむらざ》の人気は高く、共に人形町《にんぎょうちょう》通りに面した界隈《かいわい》は二丁町とも呼ばれていた。中村座は歌右衛門、市村座は三津五郎と契約を結んで出演を重ねさせ、その争いが更なる人気を呼んでいる。

それぞれの贔屓筋は対立こそしているものの、根っこは同じ芝居好きだ。

三津五郎の身に万が一のことがあれば、歌右衛門も張り合う甲斐を失う。

それでは歌舞伎の人気そのものが翳《かげ》り、元も子もなくなるのは必定。

そんな愚行《ぐこう》に及ぶほど、江戸っ子は単純ではないはずだ。

「如何《いか》にお考えにござるか、お奉行っ」

疑問を募《つの》らせずにはいられぬ様子で、健作は問いかける。

「脅されたのが大和屋だけならば、取り沙汰するには及ばなんだのだがな……」

「されば、他にも由々《ゆゆ》しきことがあるのですか？」

「左様」

口を挟んだ若様に、鎮衛は言葉少なに頷き返す。

「脅しの文《ふみ》は、芝居の作者たちにも届いておる……中でも勝俵蔵《かつひょうぞう》には再三再四、筆を折らねば命を縮めることになると書き送られておるそうだ」

「あの俵蔵に、ですかい⁉」

若様への目礼を略した鎮衛の話は、芝居好きの俊作を更に動揺させることだった。

五

江戸で常設の芝居小屋を構えているのは、二丁町の中村座と市村座だけではない。

日本橋からしばし歩いた先の木挽町《こびきちょう》——後の世の銀座《ぎんざ》一丁目に当たる地では森田《もりた》座《ざ》が江戸三座の残る一柱として、不定期ながら興行を続けていた。

その森田座の楽屋から、若い男の怒声が聞こえてくる。

「ふざけやがって！　言うに事欠いて親方の命を取ろうたぁ、鋸引《のこぎりび》きにしてやっても飽き足らねぇ野郎だぜ!!」

「静かにしねぇか金《きん》の字。俺ぁ昨夜の酒がまだ抜けちゃいねぇんだからよ……」

二十歳前と思《おぼ》しき男を宥《なだ》めていたのは、がっちりした体に三つ大《だい》柄の浴衣を纏った三十男。永木《えいき》の親方の異名で知られる、三代目の坂東三津五郎だ。

「何だよ親方、黙っていられるわけがねぇだろ」

怒りが収まらぬ様子で嚙みつく若い男は月代を伸ばし、派手な縞柄《しまがら》の単衣《ひとえ》を着流しにした博徒風のいでたち。胡坐《あぐら》をかいた右膝の脇に大《おお》脇差を横たえている。

この若い男の名前は金四郎《きんしろう》。見た目は無頼の徒《と》そのものながら公儀の目付を父親に持つ、旗本の御曹司《おんぞうし》である。父の景晋《かげくに》が養子に入った遠山《とおやま》家へ遠慮を重ねる姿に嫌気を募らせ、生まれ育った屋敷を飛び出した金四郎は浅草《あさくさ》界隈で丁半博打《ちょうはんばくち》と喧嘩に明け暮れた末、今や彫物を背負うまでになっていた。

その行く末を危ぶんで、手元に引き取ったのが三津五郎だ。

昨年の暮れに知り合って早々から深川の永木河岸に構えた邸宅に住まわせ、自分が役者として世に出た古巣の森田座で囃子方《はやしかた》の仕事を世話する一方、恩義に感じて用心棒を志願した金四郎を連れて歩くのは、血の気が多くて目が離せぬからだ。

「人気稼業にこの手のおふざけは付きもんさね。いちいちとさかに血を上らせてちゃ身が保《も》たねぇぜ」

「だけどよ親方、作者衆まで名指しで脅されているんだぜ？」

「世の中にゃ暇を持て余してる馬鹿が多いんだよ。男か女か知らねぇが、こんな文を幾つもしたためるたぁ、ご苦労なこったと思わねぇかい」

金四郎が食い下がるのを意に介さず、三津五郎は傍らの盆に手を伸ばす。

物も言わずに踏み込まれたのは、まだ土瓶の茶を碗に注いでいる最中であった。

「金四郎殿、早々にお屋敷へお戻りなされ」

三津五郎には一顧《いっこ》だにせず、告げた相手は金四郎。

大小の二刀を帯びた、目つきの鋭い男であった。

「何でぇ、お前《めえ》は！」

「お父上……遠山左衛門 尉《さえもんのじょう》様の下にて徒目付《かちめつけ》を務めし者にござる」

「親父の配下が、どうして俺を連れ戻そうってんだい」

「貴殿は栄《は》えあるお旗本。いつまで役者風情《ふぜい》と付き合うておられるご所存か」

金四郎の憤《いきどお》りを受け流し、返す答えは慇懃無礼。

上役の子息と承知で向けた視線に敬意はなく、静かな怒りを滾《たぎ》らせていた。

第二章　幕引く鉄拳《てっけん》

一

「芝居小屋とは騙《かた》りの手口そのものだな。表向きは華やかなようでいて、裏に回れば斯《か》くもみすぼらしいとは呆《あき》れたことぞ」

徒目付は名乗りもせぬまま、不快そうにつぶやいた。

男として未だ盛りの、四十の半ばといったところである。

「御畏れながら、ぜんぶ御上の御指図どおりでございやすよ。安普請は申すに及ばず衣装から小道具まで、華美なもんはことごとく御法度《ごはっと》でござんしてね」

答えたのは三津五郎。

土足で乗り込まれたにもかかわらず、努めて冷静に応じていた。

しかし、対する徒目付は横柄《おうへい》そのもの。

「黙れ下郎《げろう》。千両役者とうそぶいて客の愚《おろ》かな女どもの機嫌を取り、せしめた金子《きんす》で贅沢三昧《ぜいたくざんまい》とは、不届きにも程があろうぞ」

「お言葉ですが、あっしはその手のお愛想《あいそ》は不得手《ふえて》でございやす。ついでに申し上げやすが、手前で千両役者なんてほざく間抜けは、このお江戸にゃ居《お》りやせんよ」

応じる三津五郎の声にも、抑えきれない怒りが滲《にじ》みつつあった。

もとより剛毅《ごうき》な性分の三津五郎だ。

たとえ相手が役人だろうと、理不尽な言いがかりをつけられて、いつまでも下手《したて》に出てはいられまい。

話の腰を折るべく、金四郎は問いかけた。

「お前さん、剣の流儀は何だい？」

「貴公にお答えする必要はござるまい」

返す口調は冷淡そのもの。微塵も敬意を抱いていないと、改めて思い知らされる。

金四郎は臆《おく》することなく、徒目付を見返した。

この男は、強い。

金四郎も腕に覚えの身であるが故、早々に察しがついた。

目付は文官ながら危険を伴う役目と言われる。

他者の行状を監察し、賞罰を左右する職務柄、遺恨《いこん》を買いやすいからだ。

そうした逆恨みで命を縮められるのを防ぐためには腕の立つ家臣を召し抱え、日頃から護りを固める配慮が不可欠である。

そこで物を言うのが財力だ。

たとえば大目付は旗本が就く諸役の中でも格別で、三千石から五千石の御大身から選ばれる。身辺の警固に、何ら不安を抱くには及ばない。

大目付より格の低い目付も旗本にとっては垂涎《すいぜん》の、役高千石の高給取りだ。個々に仮の詰所を兼ねた屋敷の護りに不足なく、恨みを晴らさんと斬り込んでも多勢に無勢で返り討ちにされるのが目に見えている。

しかし徒目付と小人《こびと》目付は共に御家人で、腕の立つ家臣どころか中間《ちゅうげん》を抱えるのもままならない。それでいて目付の配下として諸方へ出向き、大身旗本から貧乏御家人まで受け持つ職掌の広さもあって、恨みを買う折は自《おの》ずと多い。内証《ないしょう》に余裕が乏しいにもかかわらず、常に命の危険と隣り合わせであった。

この徒目付も我が身を護るため、かなりの修練を積んできたに相違あるまい。

楽屋に顔を出す者は誰も居なかった。

二丁町で活況を呈する中村座と市村座に対し、森田座は同じ江戸三座でありながら人気が及ばず、休演となりがちだった。

森田座で初舞台を踏んだ三津五郎は苦境を見捨てておけず、去る卯月には市村座で初演した新作の変化舞踊『七枚続花姿絵《しちまいつづきはなのすがたえ》』を引っ提げて凱旋《がいせん》することで、古巣の立て直しを図っている。年単位で契約を結んだ市村座の舞台を休んだ間の給金はもとより受け取らず、詫び料まで納めた上でのことだったが、往年の人気を盛り返すまでには至っていない。

そうした森田座の苦境など、この徒目付は意にも介していないらしい。

芝居小屋そのものを憎んでいる。そんな雰囲気さえ感じさせた。

「よろしいですかい、旦那」

沈黙を破ったのは三津五郎だった。

「失礼さんでございやすが、そろそろご姓名を承らせてくだせぇ」

「黙りおれ、下郎」

男は即座に吐き捨てた。

「うぬが如き役者風情に明かす名など、もとより持ち合わせておらぬわ」

「そうですかい」

激昂《げっこう》するかと思いきや、三津五郎は薄く笑った。

「だったら、名無しの権兵衛《ごんべえ》ってことで構いやせんね」

「何だと……？」

「ここは天下御免の江戸三座、森田座の定打《じょううち》小屋だ。どこの馬の骨かも定かじゃねえ野暮天に、いつまでも好き勝手をさせておくわけにゃいくめぇよ」

「うぬ、武士を侮る所存かっ」

「だったらお武家らしく、礼儀ってやつをわきまえたらどうなんだい？」

「うぬっ……」

徒目付の顔色が変わった。

左腰に帯びた刀に手が伸びる。

「親方っ」

金四郎は大脇差を引っ提げて前に出た。

もとより鞘《さや》を払う余裕はない。

鞘ぐるみのまま応戦しようとしたのを、ぐいと三津五郎は押し退《の》ける。

徒目付が鯉口《こいぐち》を切らんとした時、楽屋口から野太い声が聞こえた。

「どちらさんも、そのへんで幕にしたらどうだい」

落ち着いた、それでいて有無《うむ》を言わさぬ気迫を込めた声だ。

楽屋口の暖簾《のれん》を割って、一人の男が入ってくる。

六十の半ばと見受けられる、顔も体つきも厳めしい老爺《ろうや》。

黄八丈《きはちじょう》の単衣に大小の二刀を帯び、風呂敷包みと深編笠を携えていた。

「八森《やもり》の旦那でござんしたかい……」

三津五郎が安堵の面持ちで呼びかけた。

「しばらくだったなぁ、親方」

「時の氏神《うじがみ》になってくだすって、かたじけのうございやす」

「礼を申すには及ばぬぞ。大事に至らずに何よりであった」

後に続いて入ってきたのは、こちらも六十半ばの男。

八森と呼ばれた連れと違って細身の、引き締まった体つきをしている。

老いても端整な顔立ちをした、細面《ほそおもて》の老爺であった。

機先を制された徒目付は、怒気を込めた眼差しを二人に向けた。

「おぬしたち、北の隠密廻か」

「そういうお前さんは、御徒目付の岩井《いわい》さんでござんしょう」

「存じておったか、八森十蔵《じゅうぞう》」

「俺の名前をご存じでしたかい。くわばら、くわばら」

「おぬしら、何故にここへ参ったのだ」

何食わぬ顔でうそぶかれ、問い返す声は硬い。

「もちろん御用の筋でさ。お前さん方とは関わりのねぇ、町方が係りの事件でござい
やすがね」

年季の入った北町の隠密廻同心——八森十蔵は、あくまで平然。

対する徒目付の岩井は、親子ほど年の違う相手に気勢を削《そ》がれるばかりだ。

「岩井殿、左様な次第なればお引き取り願おうか」

いま一人の同心も、淡々と告げてくる。

「後でどうなっても知らぬぞ、和田壮平《わだそうへい》っ」

「痛くもない腹を探られるのには慣れておる。ご随意になされよ」

去り際の脅し文句にも、落ち着き払った物腰は変わらなかった。

二

二名を定員とする隠密廻は、江戸市中で事件の捜査に専従する廻方の同心たちの中

でも古株の、齢《よわい》を重ねた同心が仰せつかる役職だ。特定の持ち場を見廻る定廻《じょう》とその補佐役である臨時廻と併せて、三廻《さんまわり》と称される。

文字どおり隠密裏の探索を御役目とする立場上、黄八丈の着流しに巻き羽織という目立つ姿で市中を廻って事件の発生を抑止する定廻及び臨時廻とは異なり、町方同心と分からぬように身なりを変えて御用を務める。

北町奉行所で隠密廻を長年務める八森十蔵は当年取って六十五、相棒の和田荘平は一つ下の六十四。共に役者さながらの七変化を自在とする上に腕も立ち、二人揃って北町の爺様と異名を取った、老練の同心たちだ。

その変装を行う場所が森田座を含む、江戸三座の芝居小屋の楽屋なのである。

「市村座に行ったら今日は木挽町だって聞いたんでな、急《せ》き前《まい》で足を運んだのが幸いして何よりだったぜ」

「恩に着やす、八森の旦那」

厳《いか》つい顔を綻《ほころ》ばせる十蔵に、三津五郎は重ねて謝意を述べた。

「和田の旦那も、ありがとうございやした」

十蔵の隣に座した壮平にも礼を述べ、手ずから淹れ直した茶を注ぐ。

その傍らでは金四郎が、先程から忸怩《じくじ》たる面持ちで膝を揃えていた。

「どうしなすったんです、遠山の若様。お屋敷へ連れ戻そうって手合いが押しかけたのはこれが初めてってわけじゃねぇんでござんしょう」

「そうだぜ金の字、何も気に病むこたぁねぇやな」

十蔵と三津五郎が口々に呼びかけても、答えはない。

「何か心当たりがあるのではござらぬか」

黙り込んだままの金四郎に、ぼそりと壮平が問いかける。

「……お前さん、気が付いてたのかい？」

応じて、金四郎は重い口を開いた。

「あの徒与力の用向きは、俺を連れ戻すことじゃねぇ。狙ったのは親方の命だよ」

「どういうこった、金の字」

思わぬことを告げられて、三津五郎が精悍《せいかん》な顔を強張らせた。

「たしかにだんびらを向けられそうにゃなったけどよ、あれは俺に言い負かされての腹いせじゃねぇか」

「そんな気の短え奴に、徒目付の御役目は務まらねぇよ」

「遠山の若様が仰せのとおりぞ、親方」

金四郎のつぶやきに壮平が首肯した。

「そうだなぁ。あの野郎らしからねぇ、無茶が過ぎた振る舞《め》えだったな」

十蔵が合点《がてん》した様子で頷いた。

「さっき壮さんも言ってたが、あの岩井大介《だいすけ》って徒目付は俺たち町方のすることにも何かと口を挟んでくる野郎でなぁ、定廻同心が持ち場の商家から付け届けを受け取りおるは不届き至極、悪しき習わしは根絶やしにすべきだって、北のお奉行に嚙み付きやがったこともあるんだよ。あの堅物《かたぶつ》の極みだった松平越中守様でさえ、老中首座だった時に一度も取り締まろうとはしなかったのに、だぜ？」

「そいつぁ堅物って言うより、物の道理が分かっていねぇんじゃありやせんかい」

三津五郎が呆れた顔で言った、

「そのとおりぞ」

即座に答える壮平も町方役人、それも廻方の同心にしては堅すぎると言われ続けてきた人物である。なればこそ、岩井の人となりが分かるのだ。

「御公儀が折に触れ、江戸三座を市中から遠ざけようとしておることは親方も知ってのとおりだ。遠山の若様もご存じでござろう」

「へい」

「ああ。しつこく機を窺ってるんだろ」

壮平の問いかけに、三津五郎と金四郎は口々に答えた。

「まったく、上《うえ》つ方《かた》も勝手なもんだぜ」

十蔵がうんざりした様子でぼやいた。

「そんなに目の敵にするんなら、大奥の女どもが宿下がりのたんびに見物に繰り出すのを止めさせちまえばいいんだよ。そこまで無理強《じ》いできねぇもんだから、芝居小屋そのものを辺鄙《へんぴ》な場所にやっちまおうなんて、くだらねぇ算段しやがって……どんなに遠くに行ったところで、客足は絶えやしねぇのになぁ」

「それだよ、とっつぁん」

そこに金四郎が口を挟んだ。

「岩井の奴が江戸三座の移転を狙って動いたのなら、親方にだんびらを向けるなんざお門違《かどちが》いもいいとこだ。乗り込んでくるなり言いやがったとおりに俺を遠山の屋敷へ連れ戻しちまって、目付の子息を悪い道に誘い込んだの何のって、あることないことでっち上げたほうが、よっぽど理由が立つってもんさね」

「へぇ、見事なお見立てじゃねぇですかい」

「まことにござるな」

思わず感心した十蔵に続き、壮平も納得の面持ちで頷く。

「それじゃ八森の旦那、あの徒目付は」

思わぬ話に、三津五郎が身を乗り出した。

「そうだよ親方。御用の筋で乗り込んできたわけじゃねぇってこった」

「するってぇと、あっしが送りつけられた文も……」

「出どころは岩井なのかもしれねぇぜ」

「だったら、早いとこ御縄になすってくだせぇまし」

「お前さん、取るに足らねぇ悪戯《いたずら》だって言ってたんじゃねぇのかい？」

「相手が二本棒となりゃ、話は別でさ」

十蔵の問いかけに、三津五郎は真面目な顔で言い返した。

「狙いがあっしだけなら腕ずくで張り合っても構いやせんが、脅しの文は俵蔵んとこにも届いておりやす。バッサリやられちまってからじゃ、取り返しがつきやせんぜ」

「安心しな。あの先生んとこにゃ、南町の連中が出張《でば》ったはずだ」

厳つい顔に笑みを浮かべて、十蔵は言った。

「南の隠密廻の旦那がたなら、足腰が立たなくなっちまってるんじゃねぇですかい」

「あいつらの代わりに、頼りになるのがいるんだよ」

「誰なんです、それは」

「子細《しさい》はお前さんにも明かすわけにゃいかねぇが、番外同心って呼ばれてるよ」

「番外同心？　金の字、知ってるかい」

「初耳だぜ、親方」

「まぁ、後の始末をご覧《ろう》じろ、ってな」

首を傾げる三津五郎と金四郎に、十蔵は片目を瞑ってみせる。

隣に座った壮平も、無言で目を閉じていた。

三

市村座付きの歌舞伎作者として今年で六年目を迎えた勝俵蔵は、やぶにらみの強面《こわもて》ながら、幼い頃より人を笑わせることをこよなく愛する男だった。

「南の田村様ですかい。へへっ、久しぶりにいじり甲斐のある客人がお出《い》でなすったもんだぜ」

「相すまぬが、その儀は次にしてもらおう」

見た目では想像し難い剽軽者《ひょうきんもの》だと鎮衛から訪問前に教えられた譲之助は、にこりともせず申し出た。

「それがしが承りし用向きは、脅しの文を預かりて持ち帰ること。おぬしも忙しき身であろうから、早々に失礼いたす」

「いいじゃありやせんかい。今なら舞台も空いておりやすし」

「万歳の相方ならば、頼むから他を当たってくれ」

「やれやれ、つれねぇお人でござんすねぇ」

嬉々として輝かせていたぎょろ目を伏せ、俵蔵は溜め息を吐《つ》きながら腰を上げた。

「ったく、あっしはがきの時分から漢字が大の苦手だってのに、こんな小難しい文《もん》を読ませようたぁ、とんだ嫌がらせでございやすよ」

ぼやき交じりに譲之助の前まで持ってきたのは、達筆でしたためられた書状の束。

「合わせて五通……これで全てか」

「へい。最後のは昨日、町飛脚《まちびきゃく》が届けてきたばっかりでございやす」

「差し出した者は分かるまいな？」

「ぜんぶ人づてで出したもんだそうで、辿《たど》りようがねぇって話でさ」

「ともあれ持ち帰りて検《あらた》めようぞ」

「田村様、ほんの小半刻だけでもお付き合い願えやせんかい」

「雑作をかけたな」

引き留めようとしたのを受け流し、譲之助は市村座を後にした。

預かった書状は持参の油紙に包んだ上から風呂敷で覆い、汚損《おそん》を防ぐ。

大きな体をしていながら、譲之助は呑気《のんき》とは無縁な質《たち》。

少年の頃から万事に細かく、番外同心のお目付け役として鎮衛から命じられる雑事を厭《いと》うこともなかった。


若様たちは八丁堀の組屋敷に引き揚げて、譲之助の戻りを待っていた。

「これが件《くだん》の文である。都合五通とのことだ」

譲之助が一同を集めて風呂敷を広げたのは、日頃は男衆が寝所にしている八畳間。

子どもたちは表へ遊びに出し、お陽を交えた四人で書状を検めた。

「何とも達筆《たっぴつ》だな……」

「こいつぁ男の手跡《て》だろうぜ。うん、違いあるめぇ」

一通ずつ慎重に目を通す健作の傍らで、俊平は早々に断じる。

「若様、おぬしは何と見る？」

「男女の別は定かではありませんが、かなりの数の書写《しょしゃ》をこなしておりますね」

譲之助の問いかけに答えながらも、若様は書き連ねられた文字から視線を離さない。

若様の隣を占めたお陽も目を凝《こ》らし、ほとんどが漢字で占められた文を読んでいた。

「……これは女文字よ、田村様」

「まことか、お陽殿？」

「どっしりした感じになる短鋒筆《たんぽうふで》で如何にも男が書いたみたいにしているけど、撥《は》ねの筆遣いが柔らかいのは女の手首じゃないとできないわ。あたしだってそうだもの」

確信を込めて答えるお陽には、町娘の身ながら教養が備わっている。

娯楽として専《もっぱ》ら読むのは仮名文字の写本が出回る中世の宮廷文学だが、いずれ銚子屋の家付き娘として商いを取り仕切る日に備え、帳簿付けに欠かせぬ漢字を算法と共に学ぶ一方、高級肥料の干鰯《ほしか》を大量に求める上客にして教養人が多い富農の当主たちに侮られぬように、漢籍の知識も身に付けていた。

「さすがだな、お陽殿。相手になりきって見抜くとは、大したものぞ」

「あたしは脅しの文なんか、頼まれたって書いたりしないけどね」

健作に感心され、お陽は自慢げに胸を張る。

「ご免よ。番外の衆は集まってるかい？」

玄関から訪《おとな》いを入れる、伝法な声が聞こえてきた。

「あれは北町の爺様だぜ」

俊平のつぶやきを受け、すっと若様が腰を上げた。

備えの草履《ぞうり》を突っかけ、玄関に降り立つ。

「よぉ若様、しばらくだったな」

「邪魔をいたす」

陽気に挨拶をする十蔵に続き、壮平が言葉少なに告げてくる。

「俵蔵に話は聞いたぜ。お前さんとこのでっかい内与力、あいつの道楽に付き合う暇も惜しんで、とっとと帰ってきたんだって?」

「そのおかげで、目星がついたところですよ」

「それは重畳《ちょうじょう》。我らも三津五郎から預かりし文を持参いたした」

壮平が寄越した書状の束を、若様は謹《つつし》んで受け取る。

その表書きは、お陽が女の手によると判じたものと寸分違わぬ筆跡。

「当たりかい?」

期待を込めて問う十蔵に、若様は黙って頷いた。

「御目付筋に話を通し、岩井の屋敷に踏み込まねばならぬな」

十蔵の傍らでつぶやく壮平は複雑な面持ち。

御用熱心な夫を支えてきた良妻が何故、罪を犯さずにいられなかったのか——。

四

岩井家の屋敷は如何にも微禄《びろく》の御家人らしい、小ぢんまりとした構えであった。未だ子どもが居ないため、尚のこと寒々しい。

二人揃って文武に秀でた似合いの夫婦、必ずや良き子宝に恵まれようぞ、と期待を寄せられたのも、今は昔のことである。

子宝のみならず、奉公人にも恵まれているとは言い難い。

とりわけ女中が早々に暇を取ってしまうのは、内儀と折り合いをつけるのが至難であるが故だった。

大介が疲れた足を引きずるようにして帰宅した時、すでに日は沈んでいた。

木挽町の森田座から退散した後、上役の遠山左衛門尉景晋が御用で江戸を離れる前に命じられた探索を行っていたのである。

日々の御用は、大介にとって苦痛を伴うことではなかった。

目付は御役目を果たす上で必要とあらば格上の相手にも面会を申し入れ、話を訊くのを許される。下役の徒目付とはいえ御公儀の人事の考査に関わる身とあって、邪険《じゃけん》に扱われることもない。

上役の景晋も温厚にして公正な、尊敬に値する人物だ。

しかし徒目付は一人の目付に専属というわけではないため、残る九人の面々から別件の探索を申し付けられれば断れない。こちらの調べがなければ事が進まぬのに高みに立ち、あからさまに軽んじたがる者もいる。

大介の場合、寛政《かんせい》の頃に剣客として名を売ったことも災いしていた。竹刀打《しないうち》が流行《はや》る中、昔ながらの組太刀《くみだち》で強さを発揮したことを時の老中首座だった松平越中守定信に評価され、旗本に登用されるのではないかと周囲から集めた期待は子宝と同様に、実現することなく消えてしまった。

その寛政の世も遠ざかり、文化の時代も八年目。

当時は厳しすぎると不満を集めた定信の政《まつりごと》だが、その厳しさがあってこそ、武家の威光が保たれたのは事実。

今や町人は武士を軽んじて止まず、権威の失墜《しっつい》は留まるところを知らない。

それは表で働く男たちのみならず、奥向きの妻女も見舞われた災厄《さいやく》だった。

意識せずして溜め息を吐きながら、大介は廊下を渡りゆく。

さほど長くもない廊下を渡った先の一室では、内儀の千勢《ちせ》が今宵も一心不乱に筆を走らせていた。

「今戻ったぞ」

「…………」

声をかけても、返事はない。

常の如く焦点を失った目をして、夫の声どころか足音さえも聞こえていないのだ。

小ぢんまりした屋敷でも、表と奥の区別はある。

千勢が起き伏しする奥の間には愛用の小太刀と薙刀《なぎなた》に加え、得意の鳴り物である鼓《つづみ》も未だ置かれていた。

その革は緩《ゆる》みきり、手にしたところで満足に鳴りはすまい。

何よりも、持ち主の気が萎《な》えてしまって久しかった。

元凶《げんきょう》となったのは、先頃まで奉公していた女中。

武家ではなく町家の生まれ、それも米相場で儲けて調子づいた、鼻持ちならない小《こ》商人《あきんど》の娘だった。

もとより女中の出自を取り沙汰するほど、千勢は驕慢《きょうまん》な質ではなかった。

だが、その寛容さが凶と出たのだ。

増長《ぞうちょう》した小娘は勤めを怠《おこた》るだけでは飽き足らず、音曲《おんぎょく》の腕を競わんと勝負を挑んできたのである。

黒白《こくびゃく》を決する聴き手に選ばれたのは、坂東三津五郎と勝俵蔵。泡銭《あぶくぜに》をばら撒いて芝居町、それも景気が振るわぬほうの木挽町で羽振りを利かせる身となった小商人が娘のために一席設けた、芝居茶屋の座敷に連れてきたのだ。

すでに二人して酔っていたらしく、まともに耳を傾けたとは信じ難い。

その場に居合わせなかった大介には憶測しかできないことだが、黒星を二つ付けられた千勢は面目《めんぼく》を潰され、小娘は高笑いを置き土産に暇を取ったという。

その悪しき父と娘も、すでに亡い。

大介の一刀で首と胴を生き別れにされたまま、深川六万坪のぬかるみの底で眠っているのだ。

今日は金四郎に事寄せて、三津五郎を斬るつもりであった。

尊敬に値する上役の子息ではあるものの、巻き添えにするには都合がよかった。

まとめて斬って捨てた上で金四郎の大脇差を血に浸し、下手人に仕立ててしまえば死人に口なし。残る俵蔵は新しい芝居の材を求めて夜歩きに出たのを狙い、お得意の怪談さながらの有様で引導《いんどう》を渡してやればいい――。

いつしか覚えてしまった。暗い歓びに、大介は笑みを誘われる。

「ご免ください」

そこに訪う声が聞こえてきた。

大介は昂揚《こうよう》した面持ちのまま、玄関に向かった。

鞘ぐるみの刀をすぐには抜けない右手に持ち替えたのは、客人への最低限の礼儀である。刀を置く暇もなく応対しても、敵意は皆無と示すためだ。

「夜分にご無礼つかまつりまする」

立っていたのは本多髷も初々《ういうい》しい、二十歳ばかりの若い武士。

筒袖に野袴を穿き、小脇差を一振りのみ帯びている。

「貴公は？」

「名乗る名は持ち合わせておりません」

「……ふざけないでいただこうか」

「いえ、まことに無いのです」

「されば、名無しの権兵衛とでも申すのか」

「それは、あなたのことでしょう」

「木挽町は森田座の楽屋に土足で乗り込まれ、危うく斬られそうになったという訴えが出ております」

「何……」

「埒《らち》もない。何を証しにほざきおる？」

「あなたは血が臭います。これまでにも人を斬っていますね」

「我とわが身を護らんがためのやむなき次第ぞ。目付の御用というものは人の恨みを買いやすいのでな」

何食わぬ顔で告げながら、刀を左手に持ち替える。

抜き打ちに斬って捨てるには、十分な間合い。勝手知ったる屋敷だけに、鴨居《かもい》に刃を食い込ませる愚も犯しはしない。

対する若造は初めて訪れた他人の屋敷内、しかも得物は小脇差のみ。

相討ち覚悟で抜き合わせても、こちらには届くまい——。

満を持しての抜き打ちが、引かれた鞘から迸《ほとばし》り出る。

存分に勢いを乗せた一刀が、横一文字の刃筋《はすじ》を描く。

髪を斬り飛ばしただけと気付いた時には、水月《みぞおち》を拳で打たれていた。

「千勢っ……」

愛妻を呼ぶ声も空《むな》しく、大介は前のめりに倒れ込む。

ただ一撃で、板敷きに転がされたまま動けなくなっていた。

「拳骨《げんこつ》一つで幕を引いたのかい……相変わらず、冴えた腕だぜ」

「後はお任せいたします、八森さん」

「合点だ。お江戸を留守にしていなさる遠山の殿様にゃ気の毒をしちまうかもしれねえが、そこは勘弁してもらうとしようかい」

「……お内儀も罪に問われるのですか？」

「正気を無くした上のこととして、北《うち》のお奉行に取り計らってもらうさね」

「よしなにお頼み申しまする」

「お前さん、女にゃ甘いみてぇだな」

「いえ、女人だからというわけでは……」

「冗談だよ。その頭を見りゃ、色ごとに縁が無《ね》えのは分かるからよ」

「痛み入ります。されば、ご免」

若様は十蔵に別れを告げ、静まり返った屋敷を後にした。

「…………」

去り際のからかいが胸に刺さる。
記憶をなくした青年は、未だ色を知らぬ身であった。

第三章　謝して散るらん

一

文化八年（一八一一）水無月十六日。

寛政の世に一刀流の手練と評判を取り、時の老中首座にして将軍補佐の松平越中守定信から表彰されたこともある徒目付の岩井大介は、かつての名誉を自ら汚《けが》す事件を引き起こした。

夜半に組屋敷を訪れた客人に対し、突如として抜刀。来合わせた北町奉行所の隠密廻同心によって取り押さえられたのだ。

抜き打ちに斬って捨てようとした相手に返り討ちにされ、鉄拳の一撃で気を失ったのを拘束した同心は八森十蔵。

「そーっとだぜ、壮さん、そーっとな」

「分かっておる。口よりも手を動かさぬか」

「合点だ。壮さんも、足元に気を付けるんだぜ」

北町奉行の永田備後守正道の下で共に御用を務める和田壮平も手伝い、大介が目を覚まさぬ内に表へ運び出した。

夜陰《やいん》に乗じて人目を避けたのは、当然の配慮だった。

大介は公儀の御家人にして徒目付。

町方同心の権限では、本来は召し捕ることを許されぬ相手。

そこで若様と示し合わせて挑発し、刀を抜くように仕向けたのだ。

十蔵は大介の身柄を拘束するのに捕縄《とりなわ》を用いながらも縛り上げず、結び目も作ってはいなかった。

岡っ引きが個人で捕物に及んだ際と同様にして、あくまで非常の措置であることを強調していた。

抜かりなく体裁を整えた上で、担ぎ込んだ先は目付の屋敷。

大介が格別の信頼を寄せる、遠山左衛門尉景晋の屋敷であった。

当の景晋は折悪しく朝鮮通信使を饗応《きょうおう》する使節団の一員に選ばれ、派遣された対馬《つしま》に未だ留まっている。

さりとて他の目付に身柄を渡せば仲間内の恥晒しとして、取り調べもそこそこに詰め腹を切らされてしまいかねない。

それでは真相は藪の中だ。

何故に奥方の千勢が人気の歌舞伎役者と作者に脅しの文を送るに至り、この事実を大介が隠蔽《いんぺい》しようとしたのかが、不明なままにされてしまう。

そこで十蔵は考えた。

十名の目付は千代田の御城の本丸御殿と西の丸の用部屋に加えて、江戸市中に拝領した個々の屋敷も仮の詰所として活用する。配下の徒目付と小人目付にとってもいちいち登城に及ばずに指示を受け、報告に及べる場所が手近に存在することは、日々の御用を果たす上で便利な限りであった。

その一つである遠山家の屋敷をわざと訪れ、当主の景晋の不在を承知で家人に話を付ければ、他の目付たちは大介を闇から闇に葬ることが叶わなくなる。

遠山家の先代当主で景晋の義理の父親に当たる景好《かげよし》は、良くも悪くも欲のない人物だった。婿に迎えた後に生まれた実の息子に家督を継がせんと固執する一方、景晋の余りの出世ぶりを持て余している節《ふし》もある。

松平定信の幕政改革による人材登用試験として始まった学問吟味《ぎんみ》で景晋はかの太田《おおた》南畝《なんぼ》こと直次郎《なおじろう》と共に高成績を収め、小姓組番を降り出しに徒頭《かちがしら》、更には目付と出世を重ねて、遠山の家名を大いに高めた。

だが景晋の義理の弟として誕生し、金四郎を差し置いて次に遠山の家督を継ぐ景善《かげよし》は凡庸《ぼんよう》な質。家督と共に目付の職を継いでも任を全うすることは難しく、これ以上の出世をされてはますます追いつけない。

それでも投げ出しては元も子もなくなるため景晋の留守をしかと預かり、不在中に寄せられた案件を管理する役目に勤しんでいた。

もとより巧みにこなせるはずもあるまいが大介の身柄を預って、正規の手続きを踏まえて取り調べが行われるように申請し、横槍が入るのを防ぐくらいはできるだろう。

ともあれ大介が小伝馬町《こでんまちょう》の牢屋敷に収監《しゅうかん》されるように事を運ばせ、三奉行を中心とした評定所で喚問《かんもん》を受けながら裁きが下るのを待つのみだった。

「心得た。そやつの身柄、しかと預かり申そう」

十蔵の思惑は当たり、景善は精一杯の威厳《いげん》を込めて請け合った。

景晋が遠山家に婿入りした三年後、明和《めいわ》七年（一七七〇）に生まれた景善は数えで当年四十二。凡庸なれど自尊心は人一倍強く、他の目付衆に大介を勝手に処分されてしまわぬように、目を光らせておくのに不足はあるまい。

「行きがかりではございやすが、町方の分際で出過ぎた真似をしちまいやした。縄目は作っちゃおりやせんので、どうぞお検《あらた》めくだせぇまし」

口調はいつもと同じく伝法ながら、十蔵は景善に深々と礼をする。傍らの壮平も黙して頭を下げ、分を越えた振る舞いを無言の内に詫びていた。

相手の自尊心をくすぐるには、十分すぎる殊勝《しゆしよう》ぶりだ。

「大事ない、大事ない。安心して任せておくがいい」

上手く乗せられたと気付きもせず、景善は上機嫌。

二人して白髪頭を下げたまま、十蔵と壮平は視線を交わす。

これで大介の身の安全は保証された。

岩井の屋敷に残された千勢は、すでに南町奉行所が保護済みである。

南町奉行には共に齢《よわい》を重ねた奥方が居る。

斯様な折にも動じることのない奥方に任せておけば安心。やはり女は女同士だ。

男たちは事の真相を明らかにするために、調べを尽くすのみだった。

二

この日の日中、千代田の御城中では恒例の嘉祥の儀が催された。

常ならぬ甘い香りが、松の廊下まで漂い出ていた。

出どころは中庭に面した廊下を渡り、左に曲がった先の大広間。

その名のとおり五百畳に近い大広間は、御城勤めの諸役人が執務する本丸御殿の表の玄関近くに設けられ、将軍宣下《せんげ》をはじめとする儀式に用いられる場所である。

夜が更け、無人となって明かりが消された今もなお、甘い残り香が漂っていた。

梅雨が明ける水無月は、江戸の暑さが盛りの頃だ。

総登城してくる旗本と大名に将軍が直々に与えるのは、白木の盆に盛られた饅頭と羊羹《ようかん》に金飩《きんとん》、熨斗揉《のしもみ》に鶉焼《うずらやき》、寄水《よりみず》に阿古屋餅《あこやもち》に煮染麸《にしめふ》と八種類に及ぶ菓子。本丸御殿の大広間に前の日の内に運び込まれ、将軍が配りやすいように配膳される菓子の総数は二万個にも達するのが常だった。

膨大な量の菓子は出席した旗本と大名が大事に持ち帰り、個々の屋敷で賞味される運びとなる。南町奉行の役宅では八種の菓子が白木の盆に盛られたまま、鎮衛の私室の床の間に飾られていた。

鎮衛は妻と子の三人家族だ。

奥方の名前はたか。

四十を過ぎて産んだ一人息子は杢之丞《もくのじょう》という。

例年ならば嘉祥の菓子は妻子と分け合い、謹んで胃の腑に収める鎮衛だが、なぜか今年は私室に飾ったままでいる。

役宅の一室では、杢之丞がたかの淹れた茶を喫していた。

身柄を預かることになった千勢を落ち着かせ、床を取らせた上のことである。

「母上、あれは番外同心の皆に配るご所存なのでござろう」

「まぁ、それは残念ですこと」

一人息子に笑みを返すたかの表情は、あくまでにこやか。

言葉とは裏腹に、未練など微塵も感じさせない。

「あの者たちには、良きねぎらいとなり申そう」

それを承知で精悍な顔を綻ばせる杢之丞も、浅ましさと無縁の面持ちだった。

その頃、鎮衛の私室に若様が訪れていた。

「ご免」

一言告げると障子を開き、膝立ちになって敷居を越える。

すでに鎮衛は下座へ廻り、深々と頭を下げていた。

「お奉行、そのようなお振る舞いは止めてください」

「御畏れながら、左様なわけには参りませぬ」

「誰が見ているわけでもないでしょう」

「壁に耳あり障子に目ありと申すのは、現世の者ばかりとは限りませぬ故」

「……心得ました」

若様は溜め息交じりに膝を進めて上座に着く。

その正面に膝を揃え、鎮衛は改めて平伏した。

脇息《きょうそく》を添えて上座に敷かれた座布団の前には、白木の盆が用意されている。床の間から下ろした嘉祥の菓子だ。

「お奉行、これは」

「上様より頂戴せし御品にござる。それがしの手を経ておりますれば失礼なこととは存じまするが、どうぞ御納めくだされ」

「かたじけない。そのお気持ちだけ、あり難くお受けいたします」

「若様?」

「左様なお心尽くしをいただくに値する働きを、私はまだ成してはおりません」

「……今宵の御捕物のことでござるか」

「されば、ご報告は」

「譲之助から委細聞き及んでおり申す」

「ならばお察しくだされ」

「世の中には方便というものがございます。御無礼ながら若様が詐術《さじゅつ》に類せし言《げん》を用いられしは、悪しき所業を止めるため。何ら御気に病まれるには及びますまい」

「いえ、左様なことではないのです」

「では、何故に御気が咎められておいでにござるか?」

「俗に目は口ほどに物を言うと申しますが、命を懸けて交えし拳や刃も、またしかりと申せましょう」

「若様……」

「あの御仁《ごじん》の業前《わざまえ》はまことに見事なものでした。もしも鬘を被っておらねば、私は頭の鉢を割られていたに違いありません。あれほどの技を修めし者とその奥方が悪しき所業と承知で事に及んだのは、よほどの子細があってのことなのでしょう……その子細を明らかにいたさぬ限り、私の気は済みません」

「……相分かり申した。その御気持ちに、謹んでお応えつかまつりましょうぞ」

「お奉行」

「徒目付の任に在りし身で由々しき真似を致せし以上、一死を以《もっ》て償わせるより他に道はありますまい。されど自裁《じさい》と死罪では、同じ腹を切るにも天と地ほどの隔たりがござり申す。その吟味をいたす上で入り用な事共を、若様におかれましては明らかにしていただきとうございまする」

「心得ました。お任せください」

鎮衛の言葉に、若様は明るい笑顔で応えた。

「されば、これなる御品は銚子屋に下げ渡すといたしまする」

「それは重畳。さぞ喜ぶことでしょう」

続く申し出に返した笑みも、邪気《じゃき》のないものであった。

三

菊千代は、今日も夜明け前から稽古に勤しんでいた。

水無月も二十日である。

東の空はすでに明るい。

夏至《げし》を迎えた江戸では夜明けが一気に早くなる。明け六つが現在の時刻で午前六時から午前五時に、暮れ六つが午後六時から午後七時に変わるのも昼が長く、夜が短い季節に合わせるためだ。

従来は二時間に相当する一刻が昼間は二時間半、夜間は一時間半となるのも理由は同じ。現代の日本に定着し難い夏時間を江戸の人々は自然に受け入れ、明かりを灯す費《つい》えを節約することを心得ていた。

「ふっ、ふっ！」

明け染める空の下、幼くも凜々しい気合いが続く。

元服前の菊千代は、未だ月代を剃っていない。

前髪を伝って流れる汗が、愛嬌《あいきょう》のある丸顔をしとどに濡らす。

「えいっ」

丸っこい手で摑んだ角帯《かくおび》が、気合いと共にぴんと張る。

柔術の稽古用の角帯は、生成《きな》りの木綿を縫い合わせただけの代物《しろもの》だ。

菊千代の実家の徳川将軍家に献上されたことから献上博多《はかた》と称えられ、密教《みっきょう》の法具である独鈷《とっこ》を象《かたど》った模様が人気の博多帯と違って素っ気ないが、その織りは日々の荒稽古に耐え得るほど丈夫であった。

菊千代は庭木に巻いたものと同じ、生成り木綿の角帯を締めていた。

剣術の稽古では袴の下に隠れるのを幸いに、帯のみならず褌まで外してしまう者が少なくないが、組み合って技を磨く柔術に帯は必須。打ち込み稽古に用いていたのは日頃の稽古で使い古したものだった。

ひとしきり励んだ菊千代は、ようやく帯から手を離した。

「ふう……」

手の甲で汗を払い、心地よさげに伸びをする。

高い塀の向こうにそびえ立つのは、父の家斉が住む御城。

菊千代が命を懸けて護らねばならない、徳川の威光を天下に示す名城だ。

日《ひ》の本《もと》の城が周囲に堀を穿《うが》って水を満たし、抜かりなく守りを固める造りとなったのは応仁《おうにん》の乱を機に始まった、戦国の乱世においてのことだった。

その乱世に幕を引き、足利《あしかが》家に代わって幕府を開いた徳川将軍家が代々の拠り所とする江戸城は、内と外に二つの堀を備えている。

内堀の周囲は二里《り》（約八キロメートル）、外堀は倍の四里。

幅はいずれも五十間《けん》（約九〇メートル）に達しており、有効射程が弓より長い火縄銃で狙い撃っても届かない。

もとより泰平《たいへい》の世において、城攻めなど起こり得ぬことである。

されど、備える心まで忘れてはならないと菊千代は思う。

なればこそ日々の鍛錬を怠らず、心身を鍛えておきたい。

今朝もこっそり寝所に戻り、御側仕えの面々を何食わぬ顔で迎えなくてはならないが稽古は続けることに意義がある。

明日もまた人目を忍び、されど意気高らかに励むのみ。

定信との約束は未だ果たしてもらえそうにないが、果報《かほう》は寝て待ての譬《たと》えもある。

寝ているよりは体を動かしながら待つほうが、性に合っている菊千代だった。

昇る朝日は八丁堀の東西南北を流れる、四筋の運河を煌《きら》めかせていた。

この一帯に屋敷を構えているのは、町奉行所勤めの与力と同心だけではない。

正式には大縄《おおなわ》屋敷と称される、南北の町奉行が監督する四万坪の屋敷地の周辺には四家もの大名が屋敷を構えていた。

日本橋川と紅葉川《もみじがわ》が合流する水域に面しているのは三河西尾《みかわにしお》藩、松平家の上屋敷。

その合流域から二つ目の橋である、新場橋《しんばばし》の南詰に在るのは丹波綾部《たんばあやべ》藩、九鬼《くき》家の同じく上屋敷だ。

隣には肥後熊本《ひごくまもと》藩、細川家《ほそかわけ》が下屋敷を構えている。

その隣に、町人地を挟んで建つのが陸奥白河《むつしらかわ》藩、久松《ひさまつ》松平家の上屋敷。

最寄りの橋は定信の官位にちなみ、越中殿橋と名前が付いていた。

天下の堅物と言われる定信だが、江戸市中での評判は悪いことばかりではない。

老中首座として推し進めた幕政改革には行き過ぎた点もあり、あまりの清廉潔白ぶりを太田南畝こと直次郎が揶揄《やゆ》して、

『白河の　清きに　魚《うお》も住みかねて　元のにごりの　田沼《たぬま》ぞ恋しき』

という詠み人知らずの、狂歌の天才と謳《うた》われた当時を懐かしむかの如き一首をものしたのではないか、と言われているのは有名な話である。

しかし、その南畝自身が幕臣として登用されるきっかけとなった学問吟味に、飢饉《ききん》に備えた資金を貯える七分積金、そして江戸城中奥《なかおく》の老中の御用部屋に全ての役人の姓名と役職をまとめた名簿を備え付け、日々の御用を円滑に進めるように取り計らうなど、定信の几帳面さが活きた成功例は少なくない。

その几帳面さは定信自身の、日々の営みにも活かされていた。

今朝も定信は夜明け前から起床し、心身を覚ますことに余念がなかった。

「むん！」

側仕えの者を待つ間、畳の上で勤しむのは柔術の受け身。

自身も鍛錬に精進する定信には、優れた武芸者を見出す眼力が備わっている。

しかし、その慧眼《けいがん》を以てしても、未だ定信は気付いていない。

血を分けた身内である清水徳川家の真の後継者が目と鼻の先に居を構え、人知れず江戸の治安を護るために、力を尽くしていることを——。

四

しょりしょり。

しょりしょり。

朝日の差す井戸端から、剃刀を遣う音が聞こえてくる。

当時の日の本にまだ石鹸《せっけん》は存在しない。洗濯には竈の灰を溶いた水を用い、体の垢《あか》を落とす際は小さな布袋に詰めた糠《ぬか》を活用したが、髭剃りや髪剃りはざっと濡らして剃刀を当てるのみ。それでも毛抜きで一本ずつ抜いていた頃と比べれば、肌に優しいほうだった。

月代を剃っていたのは健作。

共に起き出した俊平も、顔をざぶざぶ洗っている。ふんだんに上水を使えることが嬉しくて堪らぬ様子なのは毎朝のことだ。

「どうした沢井、今朝は月代を剃らぬのか?」

「ああ、ちょいと思うとこがあってな」

「せっかく三日坊主にはならずに済んだと申すに、それはなかろう」

「気にするない。写楽《しゃらく》の役者絵にも伸ばし放題のがあったじゃねぇか」

「……まさか、音羽屋《おとわや》の松下造酒之進《まつしたみきのしん》のことではあるまいな」

「そのまさかだよ。落ちぶれても男っぷりまで下っちゃいなかっただろ?」

「当たり前だ。思い上がるのも大概《たいがい》にせい」

幼馴染みの俊平が叩いた軽口に、健作は呆れた顔で答えた。

「あれは美男で世に知られた松助なれば、尾羽《おは》打ち枯らした浪々の身に扮しても絵になったのだ。何かの間違いでおぬしが絵姿になったとしても、世のおなごどもが騒ぐどころか、落とし紙にもされまいぞ」

音羽屋の屋号で知られる初代の尾上《おのえ》松助は当年六十六。女形《おんながた》あがりの華やかな容姿に江戸っ子好みの荒々しさを兼ね備え、齢《よわい》を重ねて一昨年に松緑《しょうろく》と改名した後も人気の歌舞伎役者である。

俊平が言う役者絵とは、かの東洲斎《とうしゅうさい》写楽が寛政六年（一七九四）皐月《さつき》初演の『敵《かたき》討乗合話《うちのりあいばなし》』を題材にした中の一枚だ。

松下造酒之進は敵役の志賀大七《しがだいしち》にあえなく殺害され、娘の二人が華々しく仇討ちを遂げる前振りのような役どころだが、松助は熱演した上で外見にも工夫を凝らし、月代が隠れるほど伸びた毛を無精髭と併せて精緻《せいち》に再現。これを写楽が描いた絵は評判を呼び、みすぼらしい浪人の姿でありながら大いに売れた。

名優は何を演じても様になる。

俊平も頭では分かっていたが、やはり日髪日剃は面倒なもの。

一日がかりで水練に勤しむ必要が生じたとなれば、尚のことだった。

若様たちが暮らす組屋敷は、八丁堀の河岸に面している。

船さえ用意できれば、専用の船着き場とするのも差し支えのない場所だ。

午前の河岸に三々五々、少年たちが集まってきた。

いずれも前髪を剃っていない、元服前の子どもであった。

内訳は武家と町家が半々ずつ。

武家の子といっても、立派な身なりをしているわけではない。士分である証しに袴を常着《つねぎ》とし、帯前に脇差を差してはいるものの、親兄弟のお古ばかり。みすぼらしいと言わざるを得ない出で立ちだった。

「よーし、集まったみてぇだな」

俊平の声を合図に、子どもたちは船に乗り込んだ。

河岸には二艘《そう》の荷船《にぶね》が用意されていた。

銚子屋から借り受けた、商売用のものである。

お陽がお波と競り合い、山と拵えた中食《ちゅうじき》の握り飯も積まれていた。

漕ぎ手の役目を担うのは俊平と健作だ。

若様は先陣を切って漕ぎ出した船の上。

舳《へさき》近くにすっくと立ち、しきりに目を凝らしている。

「急いては事を仕損じるぜ、若様」

慣れた様子で漕ぎながら、呼びかけたのは俊平だ。

「すみません、居ても立っても居られずに……」

「気持ちはわかるが、探しもんをする時は焦っちゃいけねぇ。相手が亡骸《なきがら》ときたら尚のことさね」

ぎらつく日射しに負けじと櫓《ろ》を押す動きはたくましい。

一同が向かう先は深川六万坪。

大介が自供をするに及んだ、悪商人と娘の亡骸を探すのだ。

千勢が三津五郎と俵蔵に脅しの文を送りつけた一件は、被害に遭った両名の陳情《ちんじょう》によって沙汰《さた》止《や》みとなった。

酒の上、それも悪しき父娘にそそのかされてのこととはいえ、自分たちの軽はずみが千勢の心を踏みにじったのは事実。

いずれ森田座の金主《きんしゅ》となり、大久保今助《おおくぼいますけ》を擁《よう》する中村座に負けぬほど盛り立てるという口約束に乗せられた三津五郎が、

『貧すれば鈍する、なんて言ってるどころじゃねぇやな。これからは芝居でがんがん

稼いで恩返しをさせてもらうぜ』

と宣《せん》して森田座の再興に抱く決意を新たにする一方、共に不明を恥じた俵蔵は、

『その旦那にゃ、せめて腹を切らせてあげてくだせえまし。あの化け物父娘をぶった斬ってくれたことで、おつりがくるはずですぜ』

と十蔵を通じて訴えかけ、評定所の吟味に手心が加わるのを願って止まずにいた。

そんな人々の想いを乗せて、二艘の船は大川を下《くだ》りゆく。

六万坪に着いた頃には、どの顔も汗に塗《まみ》れていた。

江戸の夏は今が盛り。

今日の日射しも、まことに厳しい。

天明《てんめい》三年（一七八三）に大噴火した浅間山《あさまやま》の火山灰が空を覆って日を遮《さえぎ》り、昼なお暗く冷たい夏が続いたのも、今は昔のことであった。

先陣を切ったのは、褌一丁になった俊平。

「行くぞー！」

一面の青空に湧きたつ入道雲の下、蛮声《ばんせい》と共に水音が上がった。

続いて健作も船縁《ふなべり》から身を躍らせ、弟分の少年たちが後に続く。

若様は持参の板を抱え、たゆたう水面《みなも》に浮いていた。

寺育ちの若様は泳ぐことに慣れていない。

にもかかわらず去る卯月に大川で溺れかけた新太を助けることができたのは、こうして板を用いたが故のこと。川面《かわも》に浮かせた板に腹這いとなって手足で水を掻き、気を失った少年を載せて岸辺まで運んだのだ。

「へっ、若えってのはいいもんだなぁ」

十蔵と壮平は離れた場所に船を着け、支度を調えていた。

「さぁ壮さん、俺たちも行くぜ」

「分かっておる」

共に褌一丁になりはしたものの、壮平は気が進まぬ様子。

「こないだのことが、よっぽど骨身に染《し》みたみてぇだなぁ」

「左様に申すな。何のこれしき」

案じ顔の十蔵に告げるなり、壮平はざんぶと水面に飛び込んでいく。

「へっ、まだまだ行けるじゃねぇか」

十蔵は頼もしげに微笑み、老いても頑健《がんけん》な体を波間に躍らせた。

総がかりの探索は功を奏し、二つの骸《むくろ》は日が沈む間際になって発見された。骨ばかりとなっていながら身許を特定し得たのは、これ見よがしにちゃらつかせていた装飾品の数々が沖まで流されることなく、水底に残っていたが故だった。

「ふん、欲深え奴ってのは死んでもおたからと離れたくはねぇらしいぜ」

呆れ交じりに十蔵がつぶやく言葉に、一同は得心した面持ちで頷いた。

五

かくして、岩井大介の裁きは切腹と決まった。

武士の切腹は自裁、すなわち自らを裁くこと。

「かたじけない。各々方のお力添えは、死せる後も忘却《ぼうきゃく》つかまつり申すまい」

謝意を込めた言葉を辞世《じせい》の句に替えた大介は作法に違《たが》わず腹を切り、取り乱すことなく息を引き取った。

千勢は剃髪《ていはつ》し、夫の菩提《ぼだい》を弔《とむら》う日々を過ごす運びとなった。

仏門に帰依《きえ》せずとも頭を丸め、俗世を離れて暮らすことはできる。特に女人が僧《そう》形《ぎょう》にて世を忍び、ひっそりと後生を過ごすのを制約されることはない。

髪を下ろす役目を請け合ったのは、たかである。

長きに亘り、鎮衛の髪を任されてきた腕を振るってのはなむけだ。

「ほんに癖のない、綺麗なおぐしでございますこと……」

剃り落とした髪を束ね持ったままでつぶやく、たかの声は切ない。

「大儀であったな」

糟糠《そうこう》の妻に謝し、労をねぎらう鎮衛だった。

第四章　恋する姫様《ひいさま》

一

日本橋は今日も活況を呈していた。

中でも客足が引きも切らずにいるのが駿河町《するがちょう》だ。

この町の名は、一軒の呉服商の代名詞となっている。

室町《むろまち》二丁目と三丁目の間を通る、その名も駿河町通りの両側をまとめて借り上げた越後屋《えちごや》だ。

折しも新たな客が一人、敷居を越えて入ってきた。

羽織袴に大小の二刀を帯びた、御家人と思しき中年の男だ。

「いらっしゃいませ。本日は何を差し上げまするか」

すかさず歩み寄ってきたのは、木綿の着物に前掛けをした手代《てだい》。広々とした店の中では同じお仕着せ姿の手代が幾人も、休むことなく動き回っている。

「一着仕立ててもらおう。寸法はこれにて頼む」

「恐れ入りまする。されば、こちらへ」

差し出された書き付けを恭《うやうや》しく受け取った手代は、先に立って案内する。

男は鞘ぐるみのまま抜いた刀を提げ持ち、後に続く。

他の客は誰も気にしていない。

お陽に秋物の見立てに付き合ってほしいとせがまれ、初めて越後屋を訪れた若様もその点は同じであった。

二

「これが全て一つのお店なのですか？」

「凄いでしょ。こんなとこ、お江戸でも他には滅多《めった》に見かけないわよ」

若様が驚く様を前にして、お陽は得意げに微笑んだ。

延宝《えんぽう》元年（一六七三）の文月《ふみづき》に越後屋が開業し、最初の店を出したのは本町《ほんちょう》一丁目。駿河町より更に奥まった場所だったのは、明暦《めいれき》の大火から復興して久しい日本橋はすでに数多《あまた》の大店《おおだな》に占められていたからだ。

間口わずか九尺（約二・七メートル）の小店《こだな》が数年と経たぬ内に日本橋を席巻《せっけん》したのは、『現金掛け値なし』で値を抑え、『切り売り』で選べる織りや柄《がら》の幅を広げ、『仕立て売り』で縫う手間を省くという、それまで考えつく者のいなかったやり方で多くの客の心を捉え、売り手と買い手が共に喜ばしい、薄利多売《はくりたばい》という商いの図式を成立させたが故であった。

越後屋を元祖とする三つの商法は、御公儀御用達《ごようたし》の大店となった今も健在。常駐の縫子たちが分担し、客が求めた生地をその場で縫い上げる『仕立て売り』も変わらず好評を博していた。

元は町人向けに始めたことだが、当節は武士の客も珍しくはない。

越後屋が開業した当時は『屋敷売り』が当たり前で、山ほど担いで来させた反物《たんもの》をまとめて買い上げる余裕があった大名や大身旗本も、今や万事倹約しなければやっていけない有様だ。

旗本より格の低い御家人は尚のことで、越後屋に足を運んで一着仕立てるのはまだ裕福な手合いと言えよう。

「ほら若様、いつまで突っ立ってるのよ？」

賑《にぎ》わいぶりに見入っていた若様に、お陽がぐいと腕を絡《から》めて引っ張った。

「すみません、見るのも聞くのも初めてのものばかりで」

「気を付けなきゃだめでしょ。お江戸は生き馬の目を抜くって言うのは伊達《だて》じゃないんだからね」

「はい、左様に心得おります」

「もう、目が離せないったらありゃしない」

無邪気に答えた若様に顔を寄せ、お陽はしかつめらしく説教する。

もとより心配無用と承知の上で、体《てい》よく甘えているだけであった。

若様は江戸に来た当初から、人込みで醜態《しゅうたい》を晒したことなど一度もない。

体の捌きは常に澱《よど》みがなく、ぶつかる寸前にさらりとかわす。八丁堀に移り住む前の深川でも田舎者と侮って懐《ふところ》を狙い、あるいは因縁《いんねん》を付けようとする輩《やから》は勢い余ってつんのめり、自分から転んでしまうのが常だった。

日本橋を稼ぎ場とする掏摸《すり》や強請《ゆす》りは目が肥えており、大金と縁のなさそうな若様には最初から目も呉《く》れぬが、油断できないのは堅気《かたぎ》の衆だ。

短気な江戸っ子は歩くのも早足で、相手が武士でも怯《ひる》まない。

日頃から浅葱裏《あさぎうら》と呼んで小馬鹿にしている江戸勤番の藩士に凄まれても、無礼討ちなど滅多にできぬのは先刻承知。逆に息巻いて追い払ってしまう。

そうした威勢のいい江戸っ子たちがひしめき合う日本橋でも、若様は自然体。

そのたたずまいには、放っておけない魅力がある。

「さ、早く早く」

お陽は先に立って越後屋の敷居を越える。

若様に絡めた腕はすでに解《と》いていた。

店先に居合わせた客たちは微笑ましそうに見やるだけで、誰も眉を顰《ひそ》めることまではしていない。

だが一人、店の中から鋭い眼差しを二人に向ける者が居た。

三

「あの、お武家様」

「何だ……」

「お買い上げは、こちらでよろしゅうございまするか?」

「左様に申し付けたであろう。二度まで言わせるでない」

「も、申し訳ございません」

難儀《なんぎ》な客の扱いにも慣れているはずの手代が、思わず声を震わせていた。

接客していた相手は若い武士。

所望《しょもう》されたのは、若い女人好みの生地。越後屋ならではの『切り売り』で、一着を仕立てるのに必要なだけを買い求めたのだ。

妻を持つ身には見えぬため、姉妹のためにわざわざ出向いてきたらしい。

単衣に薄地の袴を穿き、大小の二本差し。

中肉中背だが胸の張りは厚めで、鍛え込まれた体であるようだ。

今は上がり框《かまち》に腰を掛け、刀は脇に横たえていたが、人込みで誤って鞘をぶつけるのを避けるため、鐺《こじり》を落とし気味にして帯びることを心得ている。

浅葱裏と嫌われる藩士たちが武家の作法どおりの閂差《かんぬきざ》しを所構わず押し通すのとはまるで違う。

言葉に少し訛《なま》りがあり、江戸で生まれ育ったわけではなさそうだったが江戸っ子が接して不快にさせられることのない、無骨ながら練《ね》れた物腰の若侍である。

それだけに、どうして急に怒気を滲ませたのか分からない。

訳も分からず、不快にさせたまま帰してしまうのは商売人として恥ずべきことだ。

「お客様、よろしければお仕立てを致しましょうか」

何とか機嫌を直してもらうべく、手代は笑顔で語りかける。

しかし、立腹したままの若侍はにべもない。

「無用と最初に申したはずだ。このまま持ち帰る故、さっさと包め」

「はいっ、ただいま」

手代が震える手で差し出す包みをひったくり、若侍はお代の一分金《いちぶきん》を置く。

カッ!

上がり框が鋭い音を立て、店の中は静まり返った。

力任せに叩き付けたわけでもないのに、何という音を立てるのか。若様に見立てをせがんでいたお陽も、その場で動けなくされてしまった一人だった。

「つりは要らぬ」

腰を抜かした手代に告げ置いて、若侍は踵《きびす》を返す。

「……何なのよ、あのサンピン」

「大事ありません。ちと虫の居所が悪かっただけでしょう」

声を震わせるお陽を落ち着かせるべく、若様は笑顔で告げる。

相手の素性《すじょう》は分からない。

しかし、尋常ならざる手練なのは間違いなかった。

四

越後屋を後にした若侍は、足早に通りを進みゆく。

巾着《きんちゃく》も持っていない若様と違って、懐の紙入れにはそれなりの額が入っている。

しかし誰も手を出すどころか、近寄ろうともしなかった。

この若侍の名は柚香《ゆずか》。もとより男ではなく、うら若き女人である。

激しい怒気を覚えたのは、人目も憚《はばか》らずに若様に甘えかかるお陽の姿を目《ま》の当たりにしたが故のこと。

若様に対しても、大いに腹を立てている。

髪を伸ばすように所望しておいたにもかかわらず、昼下がりの光に煌めく坊主頭のままだったからだ。

（うちが冗談ば言うたと思うちょったんか、あほ！）

胸の内で毒づく柚香の生まれは九州、肥後の人吉《ひとよし》藩。

藩主の相良《さがら》家が代々治めてきた球磨《くま》郡は肥後国南部の山間《やまあい》の地で北を細川家、南を島津《しまづ》家という九州の二大大名に挟まれている。

同じ外様《とざま》大名だが、石高はわずか二万二千百六十五石。豊臣秀吉《とよとみひでよし》の九州征伐《せいばつ》の当時から一貫して変わらぬのは、土地柄もあって米の穫れ高が限られているからだ。

しかも慢性的な財政難で、かつて敵だった島津家から借金を重ねているとあっては見栄を張り、名目だけ増やすこともままならなかった。

おまけに家中の結束は一枚岩の如くとは言い難く、過去には藩主が暗殺される事件まで起きている。早々に取り潰され、細川か島津に取り込まれていたとしても不思議ではない有様だった。

その相良家が未だ存続しているのは諸国の大名を圧倒する、陰の力を有しているが故のこと。

藩の御流儀のタイ捨《しゃ》流《りゅう》剣術を母体とする、隠密集団の相良忍群だ。

柚香は相良家の姫という立場でありながら、その頭領《とうりょう》という役目を担っている。

秀吉の死によって豊臣家を見限り、徳川方に転じた相良家は、征夷大将軍《せいいたいしょうぐん》となった神君家康公《しんくんいえやすこう》の命《めい》を受け、相良忍群の一隊を江戸に常駐させた。

望まれたのは、服部半蔵正成《はっとりはんぞうまさなり》が率いる伊賀忍群《いがにんぐん》の御目付役。

もう一隊を天草《あまくさ》に駐屯《ちゆうとん》させ、九州各地の大名が抜荷《ぬけに》を働くのを防ぐための監視役も併せて申し付けられた。

将軍家との密約に基づく陰の御用は、伊賀忍群が衰退し、八代将軍の吉宗が代わりに創設させた御庭番衆が隠密御用を担うようになった今も続いている。

柚香が越後屋に赴いたのは、買い物を楽しむためとは違う。

御公儀御用達の大店は、御庭番衆が姿を変えるための場所。

遠国御用《おんごくごよう》で諸国に潜入する際は大伝馬町《おおでんまちよう》で同じく呉服商を営む大丸《だいまる》を利用するのが習わしだが、市中の探索には越後屋を用いる。故に御目付役の一環として、目を配ることが欠かせないのだ。

いつもであれば配下に任せるところだが、今日は自ら足を運びたかった。

さる事件をきっかけに知り合い、一目惚れした若様に女らしいところを見せなくてはならない。一方的に好意を告げただけでは足りぬことは、色恋と縁遠い日々を過ごしてきた身にも察しは付いていた。

分をわきまえぬ町娘が側に居ると分かったからには、尚のこと放っておけまい。

柚香は決然と歩みを進める。

強い西日も及ばぬ怒気と負けん気を、凛々しい男装の上から纏っていた。

五

越後屋を後にした柚香は、足を止めることなく歩き続けた。

切れ長の目を吊り上げたまま、かつて越後屋が最初の店を構えた本町から大伝馬町に続く通りを、冷めぬ怒りの赴くままに進みゆく。

心頭滅却《しんとうめっきゃく》には程遠い有様だった。

男の形《なり》をした柚香の外見は、凛々しい青年剣士。

だが来合わせた者は誰一人として、目を合わせようとはしなかった。

美男と見れば外聞を憚ることなく歓声を上げる町娘も一目見るなり、手近の物陰に駆け込んで身を隠す。

危険を感じた子どもはその場で泣き出し、母親が慌てて背中に庇《かば》う。

無理もない反応であった。

なまじ顔立ちが整っているだけに、怒りの形相《ぎょうそう》は凄まじい。

剣を交える時ならば、相手を圧するのに有効なことだろう。

しかし、街中で浮かべていい表情ではあるまい。

分かっていないのは、当の柚香だけである。

行き交う人々をことごとく怯《おび》えさせていながら、足の運びは止まらない。

（あげん芋娘《いもむすめ》にくっつかれて、何ば脂下《やに》がっとると⁉）

思い出すだけで、また腹が立ってきた。

目鼻立ちのくっきりした柚香の顔を、流れた汗がしとどに濡らす。

祭りで神輿《みこし》の担ぎ手に加わり、頭から水をぶっかけられた時さながらだ。

すでに月は明け、文月も十日を過ぎていた。

陽暦では八月から九月に変わる頃だが未だ暑さは厳しく、単衣一枚だけで過ごしていても耐え難い。

分厚く晒《さらし》を巻いた上から半襦袢《はんじゅばん》をきっちりと着込み、豊かな胸乳《むなぢ》を抑えつけている柚香にとっては、尚のこと厳しい残暑だった。

束《たば》ねて背中に垂らした髪は、並の総髪よりも量が多い。女の姿に戻った時は自分の毛だけで髷を結えるようにと、長さを保っているからだ。

怒りと暑さに苛《さいな》まれながら、柚香は意地になって歩き続けた。

駿河町を後にして、出たところは越後屋が最初に店を構えた本町の通りである。

右に曲がった先は大伝馬町。

通りの両側に木綿問屋ばかりが五十軒余りも連なる一丁目を抜けると、針や茶など雑多な問屋が集まる二丁目に出る。

その先の大伝馬町三丁目は通旅籠町《かよいはたご》の異名で知られ、御庭番衆が遠国御用に際して利用する呉服商の大丸は脇の大門《おおもん》通り沿いに在る。

こうして柚香が迷うことなく歩みを進められるのは、国許の人吉から出府《しゅっぷ》した昨年の内に、江戸市中の全ての道を覚えたからだ。

御庭番が抜かりなく隠密御用を務めているのか否かを監視するためには、上を行く実力に加えて土地勘が不可欠。今日は監視する対象の御庭番が『仕立て売り』の客を装って越後屋に入るのを見届けるだけだったが、行く先々まで尾行することになった時に迷子になっていては話になるまい。

戦うための技量そのものは国許で鍛え上げ、御庭番衆はもとより相良忍群にも敵《かな》う者のいない柚香だが、初めて訪れた江戸は右も左も分からなかった。

そこで市中各所に足を運んで表通りに裏通り、猫道と呼ばれる細い路地に至るまで丹念《たんねん》に見て回った。縦横《じゅうおう》に巡る運河も上流から下流まで流れに沿って歩き、どの通りがどの橋と繋がっているのかも、余さず頭に叩き込んだ。

その甲斐あって迷わず歩ける柚香だが、恋の道は五里霧中《ごりむちゅう》。

どう歩めばいいのか分からぬまま、西日の照り付ける下を進みゆくばかりだった。

六

若様はお陽を送りがてら、深川に足を運んでいた。

「ごめんなさいね、若様、忙しいのに付き合わせちゃって」

「おかげでよき気晴らしになりましたよ。銚子屋殿によしなにお伝えください」

佐賀町に入ったところでお陽と別れ、再び永代橋《えいたいばし》を渡りゆく。

西の橋詰めから霊岸島《れいがんじま》、そして八丁堀は目と鼻の先であった。

番外同心の御用を務める上で、若様たちは常に行動を共にしているわけではない。

大きな事件が起きれば一丸となって動くが、平素は分散して見廻りを行い、異変が起きていないかを見届ける。

俊平と健作が受け持つのは、勝手知ったる本所の一帯。

二人にとっては生まれ育った地である上に、界隈で敵う者のいない立場とあって地回りなどの小悪党にも顔が利くため、自ずと情報を集めやすい。

岩井大介の罪一等を減じるために悪党父娘の亡骸を探した際、手伝いに駆り出した界隈の少年たちが兄貴分の二人のためならばと、こぞって探索の助っ人を買って出てくれるようになったのも、あり難いことと言えよう。

その本所と隣接する深川は、銚子屋のあるじの門左衛門の顔が利く土地だ。抱えの人足衆《にんそくしゅう》が荷を運ぶついでに聞き込んでくる話に加え、付き合いのある商家のあるじたちも耳寄りな話があれば知らせてくれる。

深川は町奉行所の力が及び難く、十手《じって》持ちが入り込むのも好まれない土地柄だ。南の名奉行と謳われた根岸鎮衛といえども万全な対処はこれまで難しかったが、銚子屋の協力を取り付けたことにより、格段に情報が集まりやすくなったわけである。

そして若様は番外同心の頭として、臨機応変に動く立場を担っている。

お陽に付き合って出かけたのも、単なる息抜きではない。

日本橋を中心とした江戸市中はもとより定廻同心が持ち場を分担し、見廻る態勢が出来上がっている。

とはいえ慣れは自ずと油断を招き、抜けを生《しょう》ぜしめるものだ。

その穴を埋めるには、無垢《むく》な目を持つ若様がふさわしい。

鎮衛は左様に考え、若様に折あらば市中の各所へ足を運ぶことを勧めている。

今日の外出も若様にしてみれば、市中探索の一環《いっかん》のつもりだったのだ。

お陽が逢引きのつもりで連れ出したとは、まるで気付いていなかった。

組屋敷では先に戻った俊平と健作が、井戸で冷やした麦湯で喉を潤《うるお》していた。

日々の暮らしに欠かせぬ井戸は、物を冷やす役にも立つ。

西瓜《すいか》や真桑瓜《まくわうり》に縄をゆわえて吊るしたり、土瓶に汲んだ飲み物を釣瓶に満たした水に浸けて下ろしておくと、程よい加減に冷えるのだ。

「よぉ若様、ちょうど一杯残ってるぜ」

俊平は無精髭と月代の伸びた顔を綻ばせ、土瓶の中身を注いでくれた。

「かたじけない。頂戴します」

若様は笑顔で礼を述べ、碗に満たした麦湯を啜《すす》る。

その間に俊平は台所に取って返し、大小の徳利を抱えてくる。

大きな徳利は焼酎《しょうちゅう》、小さいのは味醂《みりん》だ。

健作は釣瓶を下ろし、新しい水を汲み上げたところであった。

空《から》にした土瓶に水を注ぎ、丁寧な手つきでゆすぐ。

そこに俊平がとくとくと、まずは焼酎を注ぎ込む。

「これ、ちと多いぞ」

「けちけちするない。お前さんこそ、味醂を入れすぎるんじゃねぇぞ」

「何を申すか。この、とろりとした甘みの良さが堪らぬのだ」

「だからお前さんの舌は子どもだってんだよ」

「黙りおれ。これ、いい加減に手を止めぬか」

「ちっ、けちん坊め」

言い合いながら俊平が注ぎ終えたところに健作がそろそろと味醂を足し、仕上げに水を注ぎ込む。

当時は本直《ほん》しと呼ばれていた、焼酎の水割りだ。

水で割った焼酎は、じっくりと時をかけて冷やすことで味がまろやかになる。

暑い盛りに涼《りょう》を取るには又とない、大人のための飲み物として江戸っ子に好まれた味わいだった。

「ひっくり返すんじゃねぇぜ、平田」

「心配には及ばぬぞ。粗忽者《そこつもの》のおぬしとは違うのだ」

俊平の注意を意に介さず、健作は土瓶を浸した釣瓶を井戸底に下ろしていく。

若様は空にした碗を台所に運ぶついでに、二つの徳利も戻していた。

「ご免」

そこに訪いを入れる声が聞こえてきた。

「おや、譲之助さん」

「邪魔をするぞ。揃っておって何よりだ」

いち早く気付いた若様に告げつつ、譲之助は日除《ひよ》けの笠を取る。

定廻と補佐役の臨時廻同心が用いる一文字笠《いちもんじがさ》と違って、顔全体が隠れる深編笠だ。

それは内与力の譲之助が諸方《しょほう》を出歩くことは、他の与力たちからいい顔をされないと承知の上でのことだった。

町奉行所そのものに属し、奉行が替わっても勤めが変わらぬ与力と同心に対し、内与力は町奉行個人に仕える家来である。にもかかわらず任期の間は奉行所全体に支給される禄《ろく》米の一部を食《は》むため、怠《なま》けていれば無駄飯食い、精勤すれば出しゃばりと見なされて陰口をたたかれる。

故に要らざる噂を避けるため、日頃から外出をする際は笠を被るのが習慣になっているのだろうが、六尺豊かな体を見れば正体は丸分かり。顔だけ隠しても無駄というものだが、当人は気付いていないらしい。

しかし若様はもとより俊平と健作も、そのことを譲之助には言わない。

「わざわざお出ましということは、お奉行の呼び出しか」

「左様。下城なされて早々に、おぬしたちに話があるとの仰《おお》せがあった」

健作に問われて答える譲之助の口調は、いつもながら真面目そのもの。

「ははあ、こいつぁ千代田の御城中で何ぞあったみてぇだな」

「余計な詮索《せんさく》はせずともよい。急ぎ参れ」

俊平の無駄口を封じる態度も、常の如くの堅物ぶりだった。

「心得ました。しばしお待ちください」

若様は譲之助に一礼し、井戸端から屋敷に入った。

俊平と健作も後に続き、速《すみ》やかに身支度を調える。

譲之助は堅物ではあるものの、三人を軽んじることはない。

貧乏御家人の二人はもとより、素性の分からぬ若様に対しても、番外同心のまとめ役に任じられた後は一度として、不遜《ふそん》な振る舞いをしたことがなかった。

七

柚香は浜町川《はまちょうがわ》を越え、西両国まで足を延ばしていた。

茶店の床机《しょうぎ》に腰を掛け、麦湯を口にしながら通りを眺めやる。

江戸でも指折りの盛り場は、いつもと変わらぬ活況を呈していた。

日頃はこうして千代田の御城を離れることなど、滅多にない柚香である。

相良忍群の指揮は共に出府したタイ捨流の高弟で、柚香が生まれて早々から夫婦で親代わりとなって育ててくれた田代新兵衛《たしろしんべえ》に任せれば大事はない。

しかし女の園である大奥の見廻りだけは柚香が自ら行うより他になく、昨日まで目の離せぬ状態が続いていた。

将軍の十七女の艶姫《つや》が、去る水無月の三十日に亡くなったからである。

艶姫が産声《うぶごえ》を上げたのは、年明け早々の睦月《むつき》二十二日。

誕生から半年と経たずしての悲報であったが、大奥の監視役も務める柚香は、頑是《がんぜ》ない姫君の死を悼《いた》んでばかりはいられなかった。

「…………」

柚香は黙々と麦湯を乾す。

艶姫の死去に際しては通例に反し、江戸市中の鳴り物は停止されていない。

その点は千代田の御城中も同じだった。

七夕《たなばた》を初めとする行事が粛々《しゆくしゆく》と行われ、幼い姫君へのお悔みを交えながらも、幕閣のお歴々《れきれき》は日々の御用に忙しい。

当代将軍の家斉は正室に加えて、これまで十二人の側室に子を産ませた。

ちなみに艶姫を産んだお袖《そで》の方は、十一人目の御手付きだ。

その立場は数多の側室の中で最も危うい。お袖の方が産んだ家斉の御子で今や存命しているのは、艶姫の姉で当年五つの岸姫《きし》のみだからである。

側室はより多くの子ども、とりわけ男子を産むことで立場を強くする。

先頃まで大奥で最も権勢を有していたのは、家慶《いえよし》の生母であるお楽《らく》の方。

お楽の方は十二人の側室の中で唯一、家斉に望まれて寵愛《ちょうあい》を得た立場であった。

歴代将軍の側室は、ほとんどが御側仕えの旗本の娘で占められていた。己が出世を目論む父に因果を含められ、あるいは自ら望んで大奥に奉公し、まず側室候補の中臈《ちゅう》《ろう》の立場を得た上で、将軍に朝の挨拶をする総触《そうぶれ》や歌舞音曲《かぶおんぎょく》を披露する宴席で目立とうと勤しむ一方、夜伽《よとぎ》の推挙役である御年寄への売り込みに血道をあげる。

そのような過程をお楽の方は経ていない。

元々は御三卿の田安《たやす》徳川家に奉公して松平定信の妹に当たる種姫《たね》に仕えた、才女と名高い女人だった。あるじの種姫が紀伊《きい》徳川家へ嫁ぐこととなり、先代将軍の家治《いえはる》の養女という体裁を整えるため一時的に大奥入りをしたのに付き従った際、家斉の目に留まったのだ。

家斉がお楽の方に寄せた関心は深く、紀州《きしゅう》藩の上屋敷に輿入《こしい》れした種姫の側仕えとなっていたのを召し出して、正式に大奥入りをさせている。たっての希望で御手付きとなるのを受け入れ、今や世子《せいし》の家慶を産んだのだ。

側室の子でありながら次期将軍の座を約束されたのは、御台所の近衛寔子《このえただこ》の産んだ五男の敦之助《あつのすけ》が幼くして亡くなり、その後は懐妊《かいにん》の兆《きざ》しを見せぬが故のこと。長幼《ちょうよう》の序《じょ》を鑑《かんが》みても、世子の立場を覆《くつがえ》されることはあり得まい。

このお楽の方が昨年の皐月二十日に亡くなり、権勢を得たのが、お登勢《とせ》の方だ。十女の寿姫《ひさ》は二つ、十二女の晴姫《はれ》は三つで亡くなったが、最初に産んだ七女の峯《みね》姫は水戸《みと》徳川家に輿入れし、六年が経った今も息災《そくさい》。昨年の暮れに清水徳川の三代当主となった菊千代も健康優良で、腕白坊主の趣《おもむき》さえある。

しかし家慶と菊千代の後に続く三人の男子は、いずれも未だ幼子だ。十男で当年三つの友松《ともまつ》と、その年子で二つになる十二男の要之丞《ようのじょう》を産んだのはお蝶《ちょう》の方。十一男で友松と同じく三つの保之丞《やすのじょう》を産んだのはお八重《やえ》の方である。それぞれ大勢の奥女中に囲まれて、世に云う御蚕《おかいこ》ぐるみで育てられているが、この手の女どもが危険なのを柚香は知っていた。

側室となった中臈は旗本の家の生まれだが、その下に置かれた奥女中には格の低い御家人の娘が居れば、町家の出の娘も居る。

町家といっても長屋暮らしではなく、なまじの武家が及びもつかない富裕な商人を親に持つ、乳母日傘《おんばひがさ》育ちの娘たちだ。

町娘あがりの奥女中には、武家に歪《ゆが》んだ対抗意識を抱く者が多い。

天明の世に老中として権勢を誇った田沼意次《たぬまおきつぐ》の失脚は、武家全体の権威の失墜《しっつい》をも招いた。贅沢《ぜいたく》を楽しむ風潮に乗せられて派手に散財し、その費えを公金の横領や汚職で賄《まかな》おうとした質の悪い旗本や御家人が、余りにも多かったからである。

新たに老中首座となった松平定信は、そうした不心得者を死罪を含む厳罰に処すと共に幕政を改革し、失われた信頼を取り戻すべく力を尽くしたものの在任六年にして罷免《ひめん》され、抑えが緩んだ世の中は以前に増して緩んだ感が否めない。

そんな世の風潮が、町娘に武士の娘への対抗心を生ぜしめたのだ。

張り合う手段は、専《もっぱ》ら歌舞音曲である。

折あらば自慢の腕を披露して勝ち負けを競い、自分が秀《ひい》でていると主張する。大名や大身旗本の屋敷の奥向きでは、こうした不毛な諍いが絶えないという。

拙《つたな》い芸で張り合うだけならば構うまいが、個々に争うばかりでは飽き足らず、互いのあるじまで持ち出すのが、質の悪い女どもの常である。

そんな下々《しもじも》のつまらない、されど看過《かんか》すれば危うい諍いに、幼い若君と母親である二人の側室が巻き込まれることを柚香は危惧していた。

お蝶の方の父親は、西の丸の警固を務める新番士。お八重の方の養父は無役も同然の小普請組だが、実の父は清水徳川家の御屋敷詰めだという。

御三卿の屋敷に派遣されるほどの旗本ならば、御番衆《ごばんしゅう》と言われる江戸城の警固役の中では格の低い新番士に引けは取るまい。

いずれ二人の側室と取り巻きどもの争いが始まることだろう。

家慶、そして菊千代の身に万が一のことがあれば、次期将軍の座は幼い三人の若君に巡ってくる。

それは叶わずとも御三家、あるいは御三卿の当主にはなれるだろう。

母親である側室たちが野望を抱けば、取り巻きの奥女中もここぞとばかりに尻馬に乗って騒ぐに違いない。

くだらぬ争いを封じるのも自分の務め。

そう思えば、いつまでも若様のことで悩んでばかりはいられない。

柚香は床机に銭を置いて立ち上がった。

茶店を後にして、踵を返す。

「久しぶりばい」

背中越しに呼びかけてきた声は肥後訛り。

柚香は無言で向き直る。

両の腕で構えを取りながらのことだった。

しかし、対する男の動きは速い。

「どげんした？　暑気《しょき》あたりか？」

心配そうに装って声をかけつつ、男は柚香に肩を貸す。

水月を一撃し、失神させた上でのことだ。

行き交う者は誰も不審に思わない。

具合を悪くした青年剣士を通りすがりの浪人が介抱し、休めるところに連れて行くとしか見えなかった。


相良忍群の頭領は代々、藩主の一族に生まれた男子が務めた。

家督を継ぐ可能性の低い末子を任に就かせることによって配下の離反を防ぎ、結束を強めさせてきたのだ。

しかし宝暦《ほうれき》九年（一七五九）の竹鉄砲事件《たけでっぽうじけん》で暗殺の憂《う》き目を見た八代藩主の頼央《よりひさ》は

一人も子を授からぬまま命を落とし、他家から迎えた養子もことごとく短命で、妻を持つ前に急逝《きゅうせい》するという事態が三代に亘って続いた。

家督を継ぐ世子を得ることもままならぬ中、頭領が空席とされた忍群は江戸に精鋭《せいえい》を派遣するどころか、国許の護りも危ぶまれるほど相良家への信頼が薄れた。

幸いにも十二代目の長寛《ながひろ》は健康で、若くして正室と側室の間に一人ずつ男子が誕生したが、正室の子の義休《よしやす》が藩主の器に非ず、恵まれたのは武芸の才のみなれば忍群を率いさせるが妥当と見なされたことを不満として乱心。刃傷沙汰を引き起こしたため長寛は義休を病死と処分し、側室の子の頼徳《よりのり》を世子にして幕府に届け出た上で、不審が頂点に達した忍群に一族の血を引く者を速やかに、新たな頭領として据える必要に迫られた。

そこで白羽の矢が立ったのが、自分が藩主になると思ってもいなかった頼徳が腰元との間に儲けた娘――柚香だったわけだが、義休は腹まで切らされたわけではない。

「ええおなごに育ったもんたい……」

声を潜めてつぶやきながら、浪人体《てい》の男は不気味に笑う。

気を失ったまま背中に負われた柚香には、何も聞こえていない。国許で幽閉《ゆうへい》されているはずの叔父が江戸に現れようとは、日頃から夢想だにしていなかった。

第五章　金剛若様有情拳《うじょうけん》

一

数寄屋橋の御門を潜《くぐ》った若様たちは常の如く裏門から南町奉行所に入り、根岸家の主従が暮らす役宅に通された。

いつもであれば早々に廊下を渡りきり、一同の訪れを鎮衛が待つ奥の私室に向かうはずだが、今日はなぜか様子が違った。

「ここから先は若様が一人で参るのだ。おぬしたちはしばし待て」

「どういうこったい譲之助さん。返答次第じゃ黙っちゃいねぇぜ」

「我らが一緒では不都合な話だと、お奉行が仰せなのか？」

廊下の曲がり角で足止めされた俊平と健作が、共に鼻白んだ顔で問う。

「これは殿……お奉行の仰せに非《あら》ず。こたびの話を持ち込まれた客人への配慮と心得てもらおう」

俊平と健作に凄まれても動じることなく、譲之助は真面目な口調で答えた。

しかし、それで引っ込む俊平と健作ではない。

「何だそりゃ。相談事を持ち込んどいて話す相手を選ぶたぁ、ちょいと勝手が過ぎるんじゃねぇのか」

「沢井が申すとおりだ。お大名か御大身の旗本かは存ぜぬが、貧乏御家人と侮ってのことならば得心できぬぞ」

もとより気の短い俊平ばかりか、日頃は冷静な健作まで声を荒らげた。町奉行所の内情を承知しているが故の反応だった。

南北の町奉行所は江戸市中の司法と行政を司る一方、大名や旗本から持ち込まれた案件にも内々で対処する。

家中の不始末ならば相談するまでもなく独断で処分できるが外部の第三者、それも町人が絡んだ揉め事は民事訴訟の公事に発展するため、示談で済ませるために事情に通じた町方役人の手を借りる必要があるからだ。ほとんどの場合は与力で解決できるとあって日頃から扶持を与え、屋敷に出入りをさせている大名や旗本も多い。

定廻同心が市中見廻りの持ち場に店を構える商人たちから付け届けを受け取るのと同様に、与力もそうやって私腹を肥やすのだ。

鎮衛の許を訪れている客人の用向きは、どうやら与力の手には余るらしい。そうでなければ鎮衛も、存在をみだりに明かせぬ番外同心まで呼び出すまい。

しかし、若様一人に同席を求めたのは解《げ》せぬこと。

答えを知るのは当の客人と、話を受けた鎮衛のみ。

客人に目通りが叶わぬのなら、鎮衛の口から理由を明かしてもらわねば——。

「譲之助さん、お奉行に取り次いでいただこう」

先に願い出たのは健作だった。

「まだ得心できぬのか、平田」

問い返す譲之助の態度は、変わらず真面目。

「当たり前だろ」

無言で頷く健作に続き、俊平が歯を剝いた。

苛立ちと共に疑念をぶつける二人をよそに、若様は廊下の向こうに視線を向けた。

渡り来る足音は聞こえない。

板を軋《きし》ませずに歩くことが習慣になっているのだ。

「貴方は相良忍群の……」

若様は細面に驚きを滲ませる。

「一別以来にござったな」

言葉少なに若様に告げたのは白髪の目立つ、六十絡みの武士。

双眸《そうぼう》を穏やかに細めながらも眼光の鋭さは去る皐月、雨の鉄砲洲稲荷《てっぽうずいなり》において若様と拳を交えた際に、覆面越しに向けてきたのと変わらなかった。

「相良忍群と申したか、若様？」

「するってぇとお前さん、御側御用取次の件で出張ってきたって連中の仲間かい!?」

健作と俊平が声を上《うわ》ずらせた。

「左様。田代《たしろ》と申す」

否定することなく、老年の武士――田代新兵衛《しんべえ》は答えた。

二

若様は譲之助に先導され、役宅の奥へと続く廊下を渡りゆく。

新兵衛は二人の間に入り、足音を立てることなく歩みを進めていた。

鎮衛の私室が見えてきた。

まだ日が高いのに障子がぴたりと閉ざされている。風を通して涼を取るよりも人目を避けたい客人の意向があってのことに相違なかった。

「殿、連れ参り申しました」

譲之助が障子越しに言上する。

敷居際に膝を着き、折り目正しく揃えた上のことだ。

「大儀」

答える鎮衛の声は、常の如く張りがある。

「されば、ご免」

「待て。おぬしもこれより先は遠慮せい」

断りを入れ、障子を開けようとした譲之助をすかさず制する。

やはり当年七十五とは思えぬほど力強い、殊更《ことさら》に張り上げずとも遠間《とおま》まで届く響きであった。

「殿？」

「次の間にて控えおるにも及ばぬぞ。下がりて沢井と平田と共に待つがよい」

動揺を隠せぬ面持ちの譲之助に、鎮衛は構うことなく言い渡した。

「……心得申しました」

しばしの間を置いて答えると、譲之助は腰を上げた。

新兵衛に一礼し、無言で廊下を戻りゆく。

ちらりと若様に向けた視線に、嫉妬めいた色はない。

譲之助は日頃から、主君の鎮衛を敬愛して止まずにいる。

その鎮衛が若様に信を託した以上、黙して従うのみであった。

六尺豊かな譲之助は背中も広い。

柔術で鍛えた張りが逞しい後ろ姿を見送ると、若様は敷居際に膝を揃えた。

「お奉行」

「行ったか」

「はい」

念を押されて答えると、若様は障子を開いた。

新兵衛を先に入室させた上で、膝立ちになって敷居を越える。

羽織袴を纏った若い武士が上座に着いている。

月代を剃っているので元服した身と分かるが、せいぜい十三か十四だろう。

まだ成長半ばと見えて、身の丈《たけ》はそれほど高くない。

青年と呼ぶにはまだ早い、瓜実顔《うりざね》の品の良い少年だった。

その少年に上座を譲った鎮衛は、登城用の裃姿のままである。

若年《じゃくねん》なれど敬意を払うべき相手ということだ。

若様は野袴の裾を払って端座《たんざ》した。

続いて平伏する動きも、流れる水の如く滑《なめ》らかであった。

「お初にお目もじつかまつりまする。来し方を忘却せし身なれば、姓名の儀はご容赦のほどをお願い申し上げまする」

「大事ないぞ、若様とやら」

平伏したままの若様に向かって告げる声は、少年ならではの凛々しい響き。

「私の通り名を、ご存じなのでございまするか」

「うむ、姉上に伺《うかご》うたのだ」

続いて答える声は凛々しくも、なぜか恥じらいを帯びていた。

「姉上様……？」

「そのままでは話し難い。面《おもて》を上げよ」

「ははっ」

促す声に従って、若様は上体を起こした。

「相良頼重《よりしげ》だ」

瓜実顔に笑みを浮かべた少年――頼重は若様に続けて明かす。

「おぬしと前《さき》に相まみえし柚香は、私の腹違いの姉なのだ」

その言葉を裏付けるかの如く、柚香に相通じる凛々しさを備えた少年だった。

三

柚香が連れ込まれた先は、磯の香りが漂う一室だった。

大川沿いを新大橋《しんおおはし》から永代橋の辺りまで歩いた時よりも、濃い。

日の傾きから察するに、御府外まで連れ出されたとは考え難い。

ということは、遠くてもせいぜい品川の手前。高輪《たかなわ》辺りと判じるべきだろう。

「……………」

柚香は畳の上に横たえられたまま薄く目を開き、周囲に視線を巡らせた。

残暑厳しい一日も、そろそろ暮れなずむ頃合い。沈む間際の強い西日が差す部屋は見てくれだけは武家らしい書院造りだが安普請《やすぶしん》で、年季が入っているとも言い難い。

ここは代を重ねた大名や旗本の屋敷ではなく、個人の家の一室だ。それも町人地でありながら武士の住まいのように設《しつら》えた別宅——寮のようなものだろう。いかにも火事が多い江戸らしい、柚香の好みには合わぬ住まいだった。

もとより長居はしたくない。

出合い頭《がしら》に当て身で失神させて連れ去りながら不用心なことだが、見張り番を付けられていないのは、もっけの幸いであった。

妙に火照《ほて》るが痺《しび》れ薬や麻酔薬を投与された様子もなく、手足は動くに違いな……。

「無駄ばい、柚香」

動かなかった。

「叔父上……」

縄目を受けた手首を震わせて、柚香はわななく。

目を覚ますのを待っていたかの如く現れたのは、ひょろりとした面長《おもなが》の男。

着流しに脇差を帯び、左手に鞘ぐるみの刀を提げている。

人前では右手に提げるのが最低限の作法である。いつでも抜き打つことのできる左の手に提げ持つのは、相手を敵と見なせばこそだ。

痩せてはいるが骨と皮ではなく、肩幅の広い体は鍛え込まれている。生まれ育った愛宕下藪小路《やぶこうじ》の上屋敷でタイ捨流の腕を磨き、教えを授けた当時の相良忍群の精鋭が一人として敵わなくなるほど、破格の上達ぶりを示したのは伊達ではない。

顔つきは、黒い天狗《てんぐ》といった趣である。

色黒で目つきが鋭く、鼻は異様に高い。

その鼻を不気味に蠢《うごめ》かせながら、男は柚香を見下ろしている。

恐怖よりも嫌悪が先に立つ、父と似ていながらも、別人の如き悪相だった。

この男の名は相良義休。

柚香の父で人吉藩の現藩主、相良対馬守頼徳の腹違いの弟だ。

備前岡山《びぜんおかやま》藩主の池田《いけだ》家から相良家へ養子に入った先代当主の長寛が、国許で側室との間に儲けた第一子が頼徳である。

後に長寛は江戸の上屋敷で正室との間に義休を儲け、長男ながら側室を母とする頼徳を差し置いて世子と決まった義休だが、寛政四年（一七九二）長月二十五日に突如として上屋敷詰めの家臣を斬殺し、年明け早々に廃嫡《はいちゃく》。代わって世子とされた頼徳は一年後の寛政六年（一七九四）に最初の官名の志摩守《しまのかみ》となり、享和《きょうわ》二年（一八〇二）に隠居した長寛から、晴れて藩主の座を継いだ――ということにされている。

実のところは義休は藩主の器に足らぬばかりか粗暴にして情に乏しく、抜きん出たタイ捨流の技量も悪用しかねないと判じた長寛が、国許で健《すこ》やかに育った頼徳を江戸に呼び寄せ、世子として幕府に届け直そうとしたのを義休が事前に察知。どうせ廃嫡されるのならば道連れに相良家を潰さんと、わざと刃傷沙汰を起こしたのだ。

世子と決まった大名の子は江戸に出府し、幕府の人質として上屋敷に留め置かれる正室、あるいは隠居して中屋敷で暮らす先代藩主と共に、次期藩主となるまでの時を過ごす。その大事な時と承知の上で、義休は事件を引き起こしたのだ。斬り殺された藩士にもとより罪はなく、悪しき若君の暴挙の巻き添えにされただけであった。

その後も義休は許されず、国許で牢に繋がれたままだったはず。

江戸参勤を終えて帰国した頼徳が、情にほだされて解き放ったとは思えない。

人吉藩は慢性的な財政難を抱え、辛《かろ》うじて存続している大名家。

内証が苦しい藩は他にも多いが、小藩でありながら重ねた不祥事が多すぎる。

隣国の島津家と同じ平安以来の名家とはいえ、源氏の末裔《まつえい》としての矜持《きようじ》が強かった神君家康公に連なる徳川将軍家に対し、相良家は平家が滅亡するまで味方をし続けた一門だ。源頼朝に臣従して鎌倉幕府の御家人となった後、島津家と前後して遠い九州に派遣されたのも、実態は追放だったと言えるだろう。

にもかかわらず未だ取り潰しを免《まぬが》れ、将軍家の縁戚となって立場を強めた島津家に吸収されることもなく続いているのは、家康公との盟約に基づいて未だ将軍家に派遣している、相良忍群の陰の働きがあればこそ。

江戸で御庭番衆の御目付役を、九州で抜荷の監視役を全うしている限り、相良家の命脈は断たれまい。

その相良忍群を束ねる柚香の前に、義休は忽然《こつぜん》と現れた。

失神させて無体《むたい》に連れ去り、虜《とりこ》にするという暴挙に出た。

一体、何が目的なのか。

この身に何をしようというのか――。

四

「姉上は気の毒な方なのだ。侍女の腹に宿りし身なのは同じでありながら、父上が今の身共《みども》と同じ頃、おなごに慣れるために床のお相手を務めし者との間に授かったのを居なかったことにされてしもうて、ついには相良忍群の女頭領に……不肖《ふしょう》の叔父上がご性根《しょうね》を入れ替え、代わりを務めてくだされればと幾度願うたことか」

南町奉行所の役宅の奥では若様と鎮衛を前にした頼重が、腹違いの姉に寄せる想いを切々と語っていた。

「若、畏れながら」

しばし口を閉ざしていた新兵衛が、さりげなく口を挟む。

「分かっておる……幾ら言うても詮無《せんな》きことであったな」

頼重は恥じた様子で微笑むと、下座に膝を揃えた二人に視線を戻す。

「斯様《かよう》な話を長々と聞かせてしもうて、相すまぬ」

「お気になされまするな。若君様がご心中、重々お察し申しまするぞ」

「…………」

鎮衛は孫ほど年の離れた少年に微笑み返し、若様は無言で一礼した。

柚香の思いもよらぬ来し方には、同情を禁じ得ない。

しかし若様についても詳細に、調べを付けられていたとは知らなかった。

「肥前守殿、本日の用向きを若様に、直《じか》に話しても構わぬか」

「ご随意《ずいい》になされませ」

「かたじけない」

鎮衛の承諾を得た頼重は、改めて若様に語りかけた。

「おぬしらが番外同心と称し、肥前守殿が預かりし南の御番所の御用を陰にて助《す》けておることは、かねてより存じておった」

「まことにございまするか？」

「申し訳ござらぬ。それがしが配下の者どもと図りて調べ、若君と姫様にご報告申し上げたのでござる」

「新兵衛殿……それはまた、何故に」

「勝手ながら番外の御役目を辞された上で、姫様をお護りいただきたいのでござる」

「何を申されますか。私は己が来し方も分からぬ風来坊。左様なお役目は荷が重すぎまするぞ」

「身共もおぬしを呼ぶ前に、左様に申したのだがな……」

困惑しながら答える若様を落ち着かせるべく、鎮衛が口を挟んだ。第三者の主従が傍に居るため、二人きりの時と違って礼を略した態度だった。

「お奉行、されば」

「お引き受けつかまつるもよし、お断り申し上げるもよし。おぬしに任せようぞ」

「お奉行……」

「しかと思案してくれぬか。おぬしにならば、身共も安んじて姉上を」

頼重が再び口を開いた。

「若君様、それはご無礼ながら勝手が過ぎましょう」

皆まで言わせず、若様は遮る。

いつになく強い口調で、続けて頼重に語りかけた。

「私はただの身過ぎ世過ぎでお奉行のお誘いに乗り、南町の御用をお引き受けしたのではありません。お調べになられたのでしたらご承知のとおり、縁あって知り合《お》うた方々……頑是なき子どもらも含め、この身に培《つちか》われし力が役立つのならば助けたいと思うたからなのです」

「その中に、姫様を加えてはいただけぬか」

新兵衛が負けじと食い下がってきた。

恥も外聞も投げ捨てた、懸命の面持ちだった。

「田代殿」

「聞いてほしかとです、若様っ」

お国言葉も剝き出しに、新兵衛は言い放った。

「拙者は姫様がお生まれになられてすぐにお預かりして、愚妻《ぐさい》と今日までお側近くにお仕えしてきた身ですばい。長らく子に恵まれず、この手に赤んぼば抱くことは生涯なきことと諦めちょった哀れな夫婦ばとこに来てくんしゃった、天からの授かりもんに等しいお方とです。その大事なお子を天与《てんよ》の才に恵まれんしゃったと申せど、忍群の猛者《もさ》どもば率いなさるに値するお腕前ばすっためにに心ば鬼にして鍛え上げ、斯くも美しゅうご成長あそばされたのを修羅場《しゅらば》ば送り込み、未だ矢面に立っていただかんといけん老いぼれが心中《しんちゅう》、どうか察してくんしゃい！」

「…………」

血を吐くが如き老剣士の告白に、若様は返す言葉もない。

「じい……」

血を分けた身にも増して熱い情を露わにされた頼重も、二の句が継げずにいる。

若い二人が絶句する中、鎮衛は黙然と目を閉じる。

その心眼に淡く映じる若様の父──徳川重好も、障子越しに差す西日の中、我が子と瓜二つの細面に困惑と同情が綯《な》い交《ま》ぜになった表情を浮かべていた。

五

義休は仁王立ちとなったまま、拘束した姪の姿を飽くことなく見下ろしていた。

隙だらけのようでいて、抜かりなく間合いを取っている。転がって足元に体当たりを仕掛けても、容易《たやす》く押さえ込まれるのが目に見えていた。

「忍群言うても、ぬしゃ本職の忍びではなか。服部半蔵正成に舌ば巻かせたタイ捨流の体の捌きば以てしても、縄抜けばやってのけるんは無理な話たい」

「こげん縛り方ばされて抜け出せると思うとですか！」

気丈に言い返しながらも、柚香は身動きが取れない。

縛られていたのは手首だけではなかった。

縄は体の前にも回され、きつく体に食い込んでいる。

緊縛《きんばく》は足首にまで及び、立ち上がるどころか這うのもままならない有様だった。

着物も袴も薄地のため、肌身を守る役目をほとんど果たしていなかった。

晒しと半襦袢を着けていなければ、早々に痛みに耐えかねていただろう。

それにしても、なぜ今の今まで縛られていると気付かなかったのか。

「ぬしゃ、いつ目ば覚ましたと」

義休がおもむろに問うてきた。

「……今し方ですたい」

柚香は横を向いたまま、ぼそりと答える。

「気分は悪うなかったばい」

義休は続けて問うてくる。姪《めい》の身を案じている様子はなく、興味本位で尋ねている
としか思えぬ声の響きだ。

「それがどげんしたとです？」

柚香は不快さを覚えながらも、向き直って問い返す。顔など見たくもなかったが横
を向いたままでは威嚇《いかく》になるまい。

「ははは、ぬしもおなごだったたいね」

睨み上げる鋭い眼差しをものともせず、義休はせせら笑った。

「何ば言いたかとですか、叔父上」

負けじと視線を合わせたまま、柚香は重ねて問いかけた。

「ぬしゃ、縄酔いばしとったと」

「縄……酔い？」

「縛られとるうちに、よか心持ちになることばい」

「そげんこつ、あるはずがなかとです」

下卑《げび》た口調で告げてくるのに抗いながらも、柚香は羞恥《しゅうち》に頬を染める。

ふと、義休の装いに目が向いた。

西両国で顔を合わせた時は早々に失神させられたため見て取れなかったが、唐桟《とうざん》の

単衣を着流しにしている。唐と付いてはいるが南洋で産する縞柄の絹織物だ。日の本にはオランダと清国《しんこく》が相手の交易でしか入ってこない舶載品《はくさいひん》だが、文化年間になって流行《はや》り出して以来、人気は高まる一方だ。

「どげんした。縛り直してほしかと？」

黙り込んだ柚香に、義休が歩み寄ってくる。

着流しは盗んだ品ではないらしく、裄《ゆき》も丈《たけ》も合っていた。

同じ絹織物でも柚香が買い求めた柄物より遙かに値が張り、安くても二両、最高級品は七両にも達する。越後屋でも扱っているはずだが、まず五両はするだろう。国許で破牢《はろう》に及び、江戸まで落ち延びた身で唐桟など仕立てられるはずがなかった。

「こぎゃん値の張るもん、どこで手に入れたとです」

ふざけた問いには答えることなく、柚香は問う。

「気になると？　ぬしゃ洒落っ気とは無縁ば思うとったと」

癇《かん》に障《さわ》ることをほざいた上で、義休はにやりと笑う。

その笑みが合図かの如く、部屋の障子が開いた。

「拙者が誂《あつら》えてつかわしたのだ。と申しても購《あがの》うたのではなく、現地にて買い付けし荷の余りだがの」

敷居の向こうから気取った口調で告げてきたのは、恰幅《かっぷく》の良い四十男だった。

髪型は、武家らしく結った本多髷。

涼しげな麻の帷子《かたびら》を着流しにして、脇差も帯びていない。

虜囚《りょしゅう》の身とはいえタイ捨流の手練を前にして不用心なことだが、この男が素手でも侮れぬ強者であることを、柚香は過去の戦いで思い知っていた。

「鬼鱶《おにぶか》の伴次《ばんじ》……」

「久しぶりだな、お姫さん」

「ぬしゃ、なぜお江戸に居《お》っと⁉」

「海賊稼業の足を洗ったのは、お前さんが天草から引き揚げてすぐのことだよ。今は薩州《さっしゅう》様のお屋敷で、用人をさせてもらってるのさ」

「島津候のご用人を……？」

「と言ってもまだ見習いでね。お殿様の蘭癖《らんぺき》に上手いこと取り入った、胡散臭《うさんくさ》い新参者としか見られちゃいないんで、肩身が狭くっていけねぇや」

「まさか、ぬしが叔父上ば破牢を手伝うて」

「そいつぁ違うよ。義休さんと知り合ったのは品川宿で辻斬りをやらかしなすったのにたまたま出っくわして、文字どおり乗りかかった船で逃がしたのがご縁でね」

「そういうことたい、柚香」

話を引き取った義休が、にやりと笑う。

「名に聞こえし海賊の親玉と手ば組めば、おいどんの本願《ほんがん》も遂げやすか」

「本願……？」

「決まっとるばい。赤坂《あかさか》ん下屋敷で隠居暮らしば決め込んじょる父上に、引導ば渡すこったい」

「祖父上を、その手に掛けると」

「そん一念で、国許から食うや食わずで江戸ば目指してきたとよ」

「地獄ば落ちたいんか、ぬしゃ」

柚香は声を荒らげた。

もはや相手は叔父ではなく、悪《あ》しき鬼としか見えていない。

「そげんことは承知の上たい」

姪の怒りを受け流し、義休は邪悪に笑う。

「そん前に、頼重に死んでもらうばい」

「何だと……」

柚香は思わず耳を疑った。

当年十四になる弟は、相良家の次期当主。

財政難に苦しむ藩を背負う苦労をすでに覚悟しており、当座を乗り切るために今年から年貢を増やすことにした父の方針に異を唱えるなど、未だ少年の身ながら将来に期待の抱ける器である。

何よりも、柚香にとって目の中に入れても痛くはない弟だ。

十も年が離れていれば、気持ちの上では母親に近い。

世を偲ぶ立場の姉を不憫《ふびん》がり、二人きりになれば幼子のように甘えてくる、この身に替えても護りたい存在だった。

柚香が頼重を溺愛《できあい》していることを、義休は承知の上らしい。

「ぬしゃば痛めつけっとより、よほど楽しかばい」

廃嫡され、国許で幽閉の身となった後に生まれた甥の存在をどうして嗅ぎつけたのかは定かでないが、柚香に対する挑発めいた言葉から察するに、全て知っているのは明らかだ。

「若殿のことを教えたのは私だよ」

横から伴次が笑顔で告げてきた。

「お前さんが猫可愛がりしていることは、相良忍群の若いのが話してくれてねぇ」

「……………」

柚香は心ならずも息を呑む。

まさか裏切り者が居たというのか。

そうでなければ知り得ぬ以上、口から出まかせではあるまい。

募る動揺をまだまだ煽《あお》らんと、伴次は更に思わぬことを明かした。

「ちなみにお前さんが越後屋まで付けてった、御庭番もこっちのお仲間だよ」

「何っ」

「私にゃ分かりかねるこったが、今の上様に代替わりをなさる間際の頃と違って出世に繋がる話も何もない、一橋《ひとつばし》の御隠居様には申し訳なきことなれど、向後《こうご》は島津候にお味方つかまつるって、言い訳がましくのたまってたよ」

「されば、ぬしらは」

「そういうこと。お前さんは網にかかったのさ」

伴次が嬉しくて堪らぬ様子でうそぶいた。

「私と子分たちが痛い目を見させられた九州の海と違って、お江戸じゃお前さんが網に引っかかることになったわけだ。どうだい？」

「お、弟に手を出す代わりに私ば殺せ。こん身も好きにするがよかっ」

柚香は血を吐くに等しい心境で言い放つ。

未だ男を知らぬ体だが、頼重の命には替えられない。

「そうかい、そうかい。お前さんがそのつもりなら助かるよ」

伴次が意を得たりとばかりに笑った。

島津家中のお偉方に柚香を抱かせ、出世の糸口にしようというのか。

しかし伴次が考えていたのは、更におぞましいことだった。

「義休さん、若殿はひとまず生け捕りにするとしよう」

「おい、ぬしゃ何ば考えとっと」

「お前さんのためにもなることだよ。田代のじじいはその場で叩っ斬っても構わないから、若殿は姫様に抱かせてやるんだ」

「な、何ば言いよっと⁉」

「聞いてのとおりだよ。だから助かるって言っただろ」

一瞬で顔面に朱を注いだ柚香を見やって、伴次はうそぶく。

「小なりとはいえお大名の若殿が心中した態で浮かんだら、芝居好きの江戸っ子どもは大喜びだ。それも兄と妹ってのは衣通姫《そとおりひめ》の昔からあるこったが姉が弟を、それも十も上のおぼこがこましたとなりゃ、戯作者《げさくしゃ》連中もさぞ筆が進むだろうよ」

「けだものめ」

「そいつぁお前さんのことだろう？　弟君様と仲良く枕を並べて、許されざる道行《みちゆ》きを楽しむがよかろうさ」

せせら笑う伴次の横で、その思惑を理解した義休も満面の笑みを浮かべている。

障子越しの夕日の下で誰憚らず、天狗じみた色黒の顔を邪悪に歪めていた。

六

「若様、お答えば聞かせてくんしゃい」

静まり返った座敷の中、新兵衛はずいと膝を進める。

そこに廊下を駆け走る、乱れた足音が聞こえてきた。

「殿ーっ！」

譲之助だ。

これほど焦りを帯びた声を上げるのは、南町奉行所に乗り込んだ若様と立ち合った時以来であろう。

「一大事っ、一大事にございまする!!」

訪いも入れずに障子を開くや、鎮衛が叱る間も与えずに敷居を越えた。

「相良候のお屋敷に、柚香殿の身柄を預かったとの文が届いた由！　のみならず田代殿がところにも、同様の文が送りつけられており申す!!」

「ま、まことか」

頼重がたちまち血相を変えた。

すでに新兵衛も膝の向きを変え、譲之助に詰め寄っていた。

「姫様ば無事なんか？　答えんしゃい！」

「お、落ち着いてくだされ」

六尺豊かな譲之助がたじろぐほどの剣幕《けんまく》だ。

周りが慌てふためく様を目の当たりにすると、人は冷静になるものである。

「田代殿、まずは譲之助さんの話を聞きましょう」

そう呼びかけながら譲之助の傍らに寄り添う若様は、常の如く落ち着いている。

されど、胸の内は違う。

幸薄い姫を狙った悪党の出現に沸き立つ怒りを、実のところは抑えかねていた。

暫時《ざんじ》の後、一同は手分けして柚香の救出に乗り出した。折よく組屋敷に戻っていた八森十蔵と和田壮平の所見を踏まえてのことであった。

「危ねぇ危ねぇ。次の知らせで取り引きの場所を知らせるから若殿様も守り役のじいさまもどっちも一人で出てこいたぁ、まとめて引導を渡す気が満々だぜ」

人吉藩の上屋敷と新兵衛が不在の屋敷にそれぞれ届いた文に目を通すなり、十蔵は確信を込め、居並ぶ一同に向かって告げた。

「姫様がご配下で敵方に寝返りし不心得者は田村殿に急を知らせ、書状を託せし者に相違ござらぬ」

そう判じたのは壮平だ。

「それはなかろう。ごく真面目そうな若者ぞ」

譲之助が解せぬ様子で反論した。顔は知られておらずとも評判の高い北町の隠密廻同心に対する、反発心も滲ませた口調だった。

「その真面目そうってやつが曲者《くせもの》なんですぜ、内与力の旦那」

所見を述べたきり口を閉ざした壮平に代わり、答えたのは十蔵だ。

「田村譲之助だ」

「八森十蔵でございやす」

「一別以来だが、余計な口出しは控えてもらおう」

「そうは仰《おっしゃ》いやすが、お前さんは甘すぎますぜ?」

「騙《だま》されたとでも申したいのか」

「有り体《あてい》に言や、そういうこってさ」

「おぬし、俺の眼が節穴《ふしあな》と思うたか」

「そこまではっきりは申しやせんが、姫様が大事だったらお前さんに注進するより先にそこのじいさまに知らせるか、さもなきゃ仲間を根こそぎ集めて、探しに出るもんじゃありやせんか」

「む……」

「隠密御用の玄人ってのは騙しっこに慣れてるもんでさ。お前さんみてぇに真っ直ぐなお人ほど引っ掛けやすいもんでしてねぇ」

譲之助を黙らせた十蔵は、新兵衛に向き直った。

「ついじいさま呼ばわりしちまったが、田代新兵衛さんでござんしたね」

「左様。雑作をかけて相すまぬ」

新兵衛は慇懃に礼を述べた。

三十俵二人扶持の町方同心は、幕府の軍制では足軽《あしがる》に過ぎない。

陪臣《ばいしん》と呼ばれる大名の家臣でも、新兵衛のほうが遥かに立場は上だ。

一族の出世頭の田代政典《まさのり》が家中で重く用いられ、今や家老を務めているとなれば尚のことだが驕りを見せる素振りもなく、素直に謝意を述べていた。

「そんなこたぁ構いやせんが新兵衛さん、その若いのを仲間に雁首《がんくび》揃えさせたとこで思いっ切り、とっちめるこたぁできやすかい？」

「頭から疑ってかかるは心苦しきことなれど、姫様のみならず若殿様がご一命まで懸かっておらば是非もござらぬ」

「まぁ騙されたと思ってやってみなせぇ。そうしたら他にも二人や三人、妙な素振りをするのが出てきまさ」

相手の慇懃さに恐縮することなく、十蔵は伝法な口調で続けて語る。

対する新兵衛も構えずに耳を傾け、納得した様子で頷いていた。

「とっちめられた若いのを庇う奴、尻馬に乗って責め立てる奴、どっちも怪しいとお思いなせえ。お前さんなら年の功で、ほんとのとこが見抜けるこってしょう」

「心得申した。急ぎ戻りて取り調べようぞ」

「されば、越後屋に参った御庭番は私にお任せください」

頃や良しと若様が申し出た。

「お頼み申す」

新兵衛は信頼を込めて頷き返す。

俊平と健作は二人して、鎮衛の面前に膝を揃えていた。

「お奉行、今日ばっかりは捕物用の刃引きってわけにゃいきやせんぜ」

「沢井が申すとおりにござれば、自前の差料を帯びて参ることをお許しくだされ」

「相分かった。どのみち表沙汰にしかねる儀なれば、存分に致せ」

「へへっ、そうこなくっちゃ」

嬉々として声を上げる俊平をよそに、健作は同席していた杢之丞に向き直った。

「相すまぬが手入れ道具を貸してくだされ」

「ああ。荒砥《あらと》の程よきものを持っておる」

「されば、貴公も試し斬りを」

「うむ。組み稽古の合間にな」

「鬼に金棒でござるな」

無骨な顔を綻ばせる杢之丞と頷き合い、健作は腰を上げた。

何であれ刃物は砥石に掛け、鉄の粒子を適度にざらつかせると切れ味を増す。

片腕では振り回せぬ重さの刀身に剃刀が如き鋭利さを備えた、日の本の刀も同じであった。

七

御公儀の御庭番は日々の暮らしの上で、特に素性を隠してはいなかった。

武鑑《ぶかん》を見れば姓名と御役目のみならず、屋敷の場所まで載っている。

「ご免ください。夜分に恐れ入りまする」

その御庭番も若様を無下に追い帰そうとはせず、客に応対する場所である、玄関脇の板敷きに通した。

とはいえ、不用心に一人で向き合ったわけではない。

「南の町奉行のお使いと申されたが、肥前守様がそれがしに何用か？」

「申し訳ありません。方便でお名前を出させていただきました」

「な、何奴だ」

「越後屋であなたをお見かけした者ですよ。私のことを覚えてはおられませんか」

「何様のつもりだっ」

「よくご覧ください。ほら」

いきり立つ御庭番に見せつけるように、若様は本多髷に手を伸ばす。

あらかじめ外《はず》れやすくしておいた鬘が、すぽりと抜ける。

「あの時の坊主であったか、うぬ⁉」

「思い出されたようですね」

動揺を露わにした御庭番を見返し、若様は告げる。

「あの若武者……男装なされし姫様が一分金で大きな音を立てた中、あなたは毛ほども動じていなかった。のみならず暖簾の向こうから、姫様を蔑《さげす》むかのような眼差しを向けておられた。あの目は、日頃からのご不満あってのことでしょう」

「うぬ、相良忍群に与《くみ》せし者だな」

「左様と申さば、何とします か?」

「知れたことぞ。生きて帰れると思うでないわ!」

御庭番が声を張り上げるや、戸脇に潜んだ侍が若様に斬りかかった。

若様は座ったままでかわしざま、肩を押さえて投げ倒す。

「へっ。こんななまくらで、うちの若様が斬れるもんかい」

板敷きに転がり落ちた刀を拾い上げたのは俊平だ。

廊下には中間が二人、泡を吹いて伸びている。

侍に続いて若様に襲いかかろうと潜んでいたのを、共に失神させたのは健作だ。

「お騒がせして相すまぬが、ご当主殿には嫌疑がかかっており申す。しかるべき筋に引き渡し、お取り調べいただく故、悪しからず」

牽制《けんせい》したのは屋敷の奥から走り出てきた御庭番の内儀に、母親らしき老婆。

二人して小太刀を抜き連ねていたものの、気を呑まれて斬りかかれない。

それだけ健作に隙は無く、端整な顔に浮かぶ笑みにも凄みがあった。

若様たちが御庭番を同行させて去った頃、新兵衛は三人の配下と向き合っていた。

周りは他の配下が取り囲んでいる。

一同に事を知らせるより先に譲之助へ注進に及んだ一人と、壮平と十蔵からの助言を踏まえた痛め吟味に反応し、裏切り仲間と分かった二人だ。

「た、田代様」

「な、何ばしろち言いよっとです！」

「決まっとるばい。知っとることを余さず明かすと」

自ら馬脚《ばきやく》を現した二人に、新兵衛はじりっと迫る。

「くたばれっ」

怒号と共に背後から襲いかかったのはしたたかに殴りつけられ、床に転がっていた一人であった。

「ぐ……」

「命ば無駄にするでなか」

新兵衛は背中越しに、残る二人を促した。

向き直りざまに抜いた脇差は、救い難い裏切り者の脾腹《ひばら》に突き込まれていた。

八

伴次の寮は安普請だけに、蚊もやたらと多かった。

蚊帳《かや》を吊り、拘束したままの柚香を横にならせたのは慈悲ではなく、血を吸われた跡だらけでは相愛の弟も興ざめすると見なせばこそ。

どのみち縛《いまし》めから逃れられぬ以上、目を離しても大事ない。

しかし縁側に腰掛けた義休は、どこか不安を否めぬ様子だ。蚊柱が立っている様を前にしながら、しきりに脇や背中を掻いていた。

伴次は柚香が動かぬのを蚊帳越しに見届け、縁側へと歩み寄る。

「義休さん、心細いのかい」

「二人だけなら、当然ばい」

悪党らしからぬ弱音を吐くものだ。

「肝《きも》の細いことを言いなさんな」

励ます伴次が用意の得物は長巻《ながまき》だ。

抜荷も働く海賊一味の頭だった頃から愛用している、大太刀に同じほどの長さの柄を付けた長柄《ながえ》武器である。

「お前さんと俺の二人がかりなら、二十や三十は相手取っても……」

更に言いかけたところに、野太い声が割り込んだ。

「へえ、大した自信じゃねぇか」

「まことだな」

不敵な響きの声と、落ち着き払った声。

いずれも若い男だ。

「何者たい！」

庭に走り出るなり斬りかかったのは義休だった。

しかし若い二人――俊平と健作は相手にしない。

「相手を間違えるな。おぬしのことを許せぬ者が、あちらに居るぞ」

健作が顎をしゃくった先には、若様が無言で立っていた。

そのたたずまいを見れば、拳法の使い手と分かる。義休自身も牢に押し込められた日々を無為に過ごさず、丸腰で相手を制する腕に磨きをかけてきたからだ。

帯前の小脇差に、若様は手も触れない。

しかし、義休は刀を置きはしなかった。

牢を破った時は素手で番士を皆殺しにしたものの、今は二刀をたばさむ身。

タイ捨流は刀と拳、手刀と足刀を併せ用いてこそ、破格の強さを発揮する。

この若造もかなりの手練と見たが、恐れるには値《あたい》すまい。

義休が刀を構え、唱え出したのは摩利支天経《まりしてんきょう》。

対する若様は、無言のままで印《いん》を結ぶ。

それは金剛力士の拳。

己が肉体を鋼《はがね》に変えた心持ちで拳を交え、敵を倒す技だ。

本当に体が硬くなり、刃や矢玉を跳ね返すわけではない。

迷いを無くし、恐れを捨て去る境地に至って立ち向かうことにより刃を交わし、矢や弾丸を避けて勝負を制するのだ。

二人の間合いがたちまち詰まる。

若様の近間に立つや、義休が蹴りを放つ。

唸りを上げて迫った足刀《そくとう》を、若様は手刀で払う。

続いて刃が迫り来る。

足刀は誘いで、この斬り付けこそが真の決め手。

蹴りを防いだ直後では、すぐに動けまい。

義休は手の内を締め込んだ、
刃が捉えた対象を斬り割る威力が、ここで加わる。

しかし、義休の刀は空を裂いたのみ。

見切られたと分かった時には鉄拳の一撃を、ずんと突き込まれていた。

「殺《や》っちまわねぇのかい？」

血刀を提げた俊平が問いかける。

健作は血濡れた切っ先を無言で足元に向け、二人がかりで斬り伏せた伴次に残心を示していた。

「それはあの方々にお任せします」

駆け付ける足音は新兵衛たちだ。

若様は縁側から部屋に踏み込み、蚊帳を捲《めく》って中に入る。

抱き上げられた柚香は、苦しげに呻きながらも寝息を立てていた。
それを見届け、若様は微笑む。
眠っていてくれたのは幸いだった。
柚香が寄せてくれる好意を受け止めるのは、今の若様にはできかねる。
まして頼重と新兵衛が望むように、夫婦になることなど考えられない。
失せた記憶の向こうに、何があるのか、
果たして、自分は何者なのか。
それを知るまでは無理だった。
されど、無事で居てくれたことは喜ばしい。
そう思えるのは、間違いない。
「されば引き揚げようぞ」
「本直しもちょうど冷えてる頃合いだぜ」
健作と俊平のいつもと変わらぬ様子が、頼もしくも微笑ましい。
「姫様！」
縁側に立つ若様の耳に届く、新兵衛の声は安堵の響き。
若様も色白の細面を綻ばせ、そっと庭に降り立った。

第六章　天網《てんもう》の捕手《とりて》

一

「おかげをもちまして大事な姉を失わずに済みました。これも身共らの勝手を聞いていただき、ご配下の衆を快《こころよ》うお貸しくださった、肥前守殿のお力添えがあってのこと……どれほど感謝を申し上げても足りぬことと存じまする」

翌日の昼八つ過ぎ。鎮衛が下城する頃合いを見計らって役宅を訪問した相良頼重は改めて感謝の意を述べていた。

柚香は愛宕下の人吉藩上屋敷で身柄を預かり、そのまま静養させる運びになったという。不在の間は新兵衛が相良忍群の指揮を代行し、御庭番衆とはこたびの不始末の責を問わないことを条件に、潰し合う愚を避ける約定を交わすとのことだった。

療養中の姉をできるだけ快適に過ごさせるには、上屋敷詰めの家臣を懐柔《かいじゅう》することも不可欠だ。

面倒を直《じか》に見る奥向きの女たちをまずは味方に付けるべく、江戸三座の秋の顔見世興行に合わせて交替で暇を取らせた上で、芝居茶屋で役者衆を招いて一席設けることを約束。幕府の干渉を過度に恐れ、お畏れながら姉上君を厄介払いすべきではと懇願する留守居役ら江戸定勤の藩士たちに対しては将来の昇進を可能な限り、次期藩主として請け合うことによって了承を得た。

「よくぞそこまでおやりになられましたな、若君殿……」

鎮衛は思わず感心していた。

頼重が取った行動は、迅速《じんそく》にして的確だった。

人は利があってこそ動く。

たとえ臣下が相手でも、見返りなしで無理を強《し》いては危うい。

この自明の理《ことわり》を、頼重は知っていたのだ。

元服をして間もない少年の身ながら、大したことと言わざるを得まい。

「左様な次第にござれば、もはやご心配には及びませぬ」

「大儀にござり申した」

鎮衛は少年の労をねぎらった。

ちと風呂敷を広げすぎなのではないか、と心配させられる約束ではあるものの、姉を想う一念のなせる業《わざ》と思えば微笑ましい。

「ご家中の人事はもとより身共が口を挟むことではござらぬが、役者衆とは日頃から付き合いがあり申す。若君様のお手に余ることあらば、多少なりともお役に立たせていただきます故、その時はご遠慮のう、お話しくだされ」

「まことにございまするか？」

「これも町奉行の役得というものにござる。とりわけ当代の大和屋とは気心も知れております故、御殿女中の方々へのお愛想の二つや三つは頼めましょうぞ」

「かたじけない肥前守殿。実を申さば如何にして渡りをつけたものかと、頭を抱えておりました」

「失礼ながらご当家様のお留守居役やご用人では、難しゅうござろうな」

「お察しのとおりの野暮天揃いにて、お恥ずかしゅうござる」

「何の、何の。餅は餅屋と申しますれば」

「重ねてお礼申し上げまするぞ、肥前守殿」

「痛み入り申す。されど、そろそろ頭を上げてくださらぬか」

下城して早々に裃姿のまま頼重を迎えた鎮衛は、笑顔で応じながらも疲れを隠せぬ様子だった。

無理もないことだろう。

当年十四の少年である頼重に対し、鎮衛は数え七十五。矍鑠《かくしゃく》としているものの持病の疝気が時折ぶり返し、腹に痛みが走る。

この痛みの原因が他に存在するのを、我が身のことなれば鎮衛は知っている。

誰に打ち明けても九割九分、絵空事としか受け取れぬ話だ。頼重も余人より理解がありそうだが、それでもすぐに信じてはもらえまい。

ならば子細は誰にも明かさず、体調も小康を保っていると装うべきだ。

今のところは大事なく、体の具合は平静を保っている。

いつ再発するのか分からぬ不安は、ずっと拭い去れまいが——。

「若君様、このままではお話になりますまい」

鎮衛は平伏したままでいる少年を促した。

努めて声に張りを持たせてのことである。

「さ、面を」

「痛み入りまする」

頼重はようやく上体を起こした。

「肥前守殿？」

こちらを見るや、謝意を込めた笑顔が強張る。

よほど血行が滞っていたのであろう。

頼重は早々に、こちらの顔色が優れぬことに気付いたらしい。

「ちと加減が優れませせぬ故、卒爾《そつじ》ながらお話は手短にお願い申す」

鎮衛は頼重に向かって直截《ちょくせつ》に告げた。このぐらいは年の功で許される物言いだろうと割り切って申し出た。

「分かりました」

頼重は邪気のない笑顔で応じる。

案の定、この少年が相手ならば余計な心配は無用だ。

安堵した鎮衛の耳に、思わぬ言葉が飛び込んできた。

「お話と申しますのは『耳嚢《みみぶくろ》』のことにございまする」

「身共の手慰みについて、でござるか？」

「手慰みとはご謙遜が過ぎましょう。あれほど多彩な話集は滅多にございますまい」

「恐れ入り申す……」

鎮衛は戸惑いながらも礼を言う。

続けて頼重が告げてきた。

「肥前守様におかれましては不本意なことと存じまするが、こたびの件につきましてはゆめゆめお書きになられませぬよう、何卒《なにとぞ》お願い申し上げまする」

「…………」

「お聞き届けいただけませぬか？」

黙って見返す鎮衛に、頼重は不安そうに問いかけた。

「ご安心なされ。左様なことならば、もとより心得ており申す」

声を張って答える鎮衛の月代を汗が伝い、塩気を帯びたしずくが目に流れ込む。

未だ残暑は厳しく。今日もミンミンゼミが鳴いている。

照り付ける西日は障子越しでも強く、膝を揃えて向き合う二人の横顔をじりじりと焼いていた。

「かたじけない……」

頼重は安堵した様子で息を漏らす。

拍子抜けした、とも見なすべき面持ちだ。

思うところは鎮衛も同じであった。

どうやら鎮衛は筆に乗せる材料を集めるために手段を択《えら》ばず、分別もない手合いと思われていたらしい。

心外なことである。相手がこの少年でなければ、怒鳴りつけまではせずとも嫌みの一つ二つは返さずにいられなかったことだろう。

「案ずるより産むが易しにございました」

そんな鎮衛の胸の内も知らずに、頼重は嬉々としている。年相応の少年らしい顔であった。

「そのお答えを承らば、父上を取りなすことも叶いましょうぞ」

「されば、対馬守殿もそれがしの綴りしものを」

「左様。余さず読ませていただいた由にございまする」

「面映《おもは》ゆうございまするな」

「ご謙遜には及びませぬぞ、肥前守殿」

「それにしても、何処でお手に取られたのでござろう」

「身共がようやっと揃いで手に入れし写本です」

「ほお」

「未だ返してくれぬばかりか、国許まで持って参ってしもうたのです」

「細川様がご城下より更に先、人吉のお城までお運びに……」

「国家老の田代の耳に入らば、人手を集めて書き写すは目に見えておりまする。肥前守殿のご意志に反し、またぞろ写本が増えてしまうでございましょうが、何卒ご寛容くだされ」

「致し方ござるまい。拙文《せつぶん》をこぞって書写《しょしゃ》なさる、物好きな方々が何故に尽きぬのか解せぬことでござり申すが……」

「幾度となく読み返しても興《きょう》が尽きぬが故にございましょう。余人の書き物など滅多に褒めぬ我が父も、肥前守は稀《まれ》なる才の持ち主じゃと、しきりに申しておりました」

「との仰せなれども、相良がご家中のことは秘されたいと？」

「もとより当家は将軍家の御心象よろしからざる上、父は小心者にございますれば」

「考えすぎやもしれませぬぞ。拙文はことごとく作りごとだと見なす方も居り申す」

「左様なことは決してござらぬ。肝が小さいとお思いでござろうが、世の事共を斯くもまことしやかにお書きなさる肥前守殿のお筆にかからば、奇談では済まされぬことと存じまする」

「大層なお買い被りなれど、そこまで仰せとあらば是非もござらぬ。誓って取り上げ申さぬ故、ご心配なされますな」

「かたじけない。ご無礼の段、平《ひら》にお許しくだされ」

「お気に召されず、姉君をお大事になされよ」

「痛み入りまする。されば、これにて」

頼重は重ねて礼を述べると膝立ちになった。

正面を向いたまま後退して敷居際で向きを変え、そっと障子に手を掛ける。今日は鎮衛に幾ら勧められても上座に着かず、下座から口上を述べていた。

人払いがされた部屋の周囲には誰も居ない。

廊下を渡った先の曲がり角に譲之助が陣取り、人目を憚る面会を邪魔されぬように目を光らせているのみだ。

「ご免」

膝立ちのまま敷居を越えた頼重は上座の鎮衛に向き直り、折り目正しく一礼する。

障子を閉めて去る足音は、あくまで控え目。

若輩《じゃくはい》ながら礼節と配慮を心得ている。

孫を通り越して曾孫ほど年の離れた少年の殊勝な振る舞いに、鎮衛は疲れを忘れて独り微笑む。ともあれ、無事に始末が付いたのは幸いだった。

昨夜の首尾《しゅび》そのものは朝の登城前、若様たちから報告を受けていた。

千代田の御城中では新兵衛が隠形《おんぎょう》の術で人目を忍んで推参《すいさん》し、丁重に礼を言われたものである。

口外無用と念を押した上で明かしてくれた話によると、相良忍群を裏切った三名は昨夜の内に処分済み。若様との一騎打ちに敗れ去り、駆け付けた新兵衛が生け捕りにした義休も詰め腹を切ったという。

人吉藩の現藩主の頼徳は義休の腹違いの兄に当たるが、国許において破牢に及んだ時点で見切りを付けており、幕府に露見する前に始末すべく江戸詰めの藩士たちのみならず、相良忍群にも見つけ次第斬れと命じていたとのことだった。

不肖の弟が居なくなっても財政難が続く限りは頼徳も不安が尽きぬだろうが、それは新兵衛の甥で藩政の改革を推し進めているという、国家老の田代政典が解決すべき問題だ。藩そのものが取り潰されては改革どころではない以上、姉のために労を厭わぬ頼重の何分の一かだけでも柚香を思いやり、その苦労をねぎらうのが藩主である前に親として、真になすべきことであろう——。

二

廊下を渡る足音が近付いてきた。

「殿」

「譲之助か。入れ」

「ははっ」

障子が開き、敷居を越えた譲之助が鎮衛の面前に膝を揃えた。

「若殿はお帰りか」

「ははっ。ご無礼とは存じましたが裏門をお通りいただき、忍び待ちのご家来衆の許までお送りつかまつりました」

「大儀であった。おぬしに付き添われていては、曲者が潜《ひそ》みおっても手は出せなんだであろうよ」

「恐れ入りまする」

「昨日の今日なれば念には念を、じゃ。あの子に万が一のことあらば、父御の対馬守殿はもとより柚香姫にも、申し訳が立たぬからのう」

「若様にも、でございましょう？」

しみじみつぶやく鎮衛に、譲之助が思わぬことを告げてくる。

口ぶりこそ常と変わらず真面目だが、らしからぬことを言うようになったものだ。

「分かるか、おぬし」

「お帰り際に若殿が仰せにございましたので」

「ほう」

「若様を陰ながら兄上と呼べる日を、心待ちにしておられると」

「陰ながら、とな？」

「柚香姫のことも、表立っては姉上様と呼べぬが故でございましょう」

「左様にわきまえておるのだな。ふふ、重ね重ね感心なことよ」

「時に殿、少々お休みになられては」

「うむ。暑さが少々堪えたようだの」

「奥方様にお床を取っていただきましょう」

「呼ぶには及ばぬ。手枕で十分じゃ」

「お腰に障りまするぞ」

「されば、座布団を並べてくれ」

「心得ました」

下座に敷かれたままの座布団を、譲之助は手に取った。

頼重が用いることなく去ったため、中身の綿はふんわりしたままだ。

「ご免」

尻を浮かせた鎮衛の座布団も謹んで取り、畳の上に二つ並べる。

「うむ」

鎮衛はごろりと横になる。

譲之助は予備の座布団を一枚持ってきて折り畳み、白髪頭の下にあてがった。

手枕で構わぬと言われたものの、鬢付け油が塗られた髪に手や腕を当てておくのは好ましくない。御役目の上のみならず、趣味でも筆を執るのが日常の鎮衛にとっては尚のことだ。

「雑作をかけるの」

鎮衛は拒むことなく頭を落ち着かせ、心地よさげに目を閉じた。

揃いの座布団は大きめで、綿も惜しまず詰めてある。ほんの一刻、午睡《ごすい》を取るための敷き布団代わりにするのに不足はなかった。

古くなった縮緬《ちりめん》の着物をばらした皮に綿を詰め、座布団に仕立て直したのは鎮衛と長きに亘って連れ添った、奥方のたかである。

鎮衛が二十二の年に婿入りして家督を継いだ根岸家は、実家の安生《あんじよう》家と同じ百五十俵取り。旗本とはいえ小身《しようしん》で、暮らしぶりはつましいものだった。

そんな小旗本《こつぱたもと》の家に嫁いだ、たかの生まれは桑原《くわはら》家。

たかの父親の桑原盛利《もりとし》と同じ一族で、五百石取りの西の丸書院番を振り出しに目付から長崎奉行、作事奉行から勘定奉行を経て大目付にまで昇り詰めた桑原伊予守《いよのかみ》盛員《かず》の存在が、つとに有名である。

盛員は鎮衛が勘定吟味方と佐渡《さど》奉行だった時代の上役だ。

鎮衛は盛員が実権のない名誉職の西の丸留守居役に転じ、一線から退いた後に勘定奉行に出世したものの、たかを娶《めと》った当時の役職は勘定所勤めの御勘定。すでに千石取りの目付となっていた盛員と比べるべくもなかったが、たかは鎮衛を軽んじることなく尽くし、家事にも率先して取り組んで、お高く留まるところがなかった。

たかの糟糠の妻ぶりは未だ健在であり、座布団を縫うぐらいはお手の物。夫の白髪頭を毎朝欠かさず結い上げ、月代を剃るのも慣れたもので、流行りの女髪結いを屋敷に呼ぶこともないのは譲之助も承知の上だ。

穏やかな寝息を立てているのを確かめて、そっと譲之助は腰を上げる。

ふと、床の間の違い棚に重ね置かれた綴《つづ》りが目に映った。

それは鎮衛が三十年近くに亘って書き続けた雑話《ざつわ》集。佐渡奉行に任じられた天明の半ばから今日に至るまで、綴った数が九巻にも及ぶ大作だ。

題して『耳嚢』。

鎮衛は十巻に達したところで筆を置き、千話を以て完結とする構想であるという。

その内容は有名な怪異譚《かいいたん》と都市伝説ばかりに留まらず、八代吉宗を中心とする歴代将軍の評判記に古《いにしえ》の兵法者の修行譚、名もなき民草《たみくさ》の切なる哀話、書き手である鎮衛の実感と自省の念が込められた説話に訓話と多岐に亘り、ひとたび手に取れば寝食を忘れるほど、のめり込まずにはいられない。

版元《はんもと》に渡りをつけて刊行すれば、さぞ売れることだろう。

しかし鎮衛は周りから幾ら勧められても首を縦に振ろうとはせず、所望《しょもう》する知人に貸し出すのみに留めているが、その際に作られた写本が更に書き写され、今や武家と町家の別なく愛読者は増える一方。続きを読みたいと願う声が絶えない。

他ならぬ譲之助も、その一人だ。

根岸家に長年仕える父の後に続き、鎮衛付きの内与力として御役に就いたを幸いに謹んで借り受けた原本を早々に読破したにもかかわらず、また繰り返し読んでいる。

そして至ったのは、鎮衛には心眼《しんがん》が備わっているに違いないと、まことしやかに囁かれる噂が真実だという確信。

根拠は鎮衛の筆によって綴られた数々の情景だ。

多くの話は人づてに聞いたこととして書かれており、鎮衛が直に体験したわけではないとの前提でありながら文中の場面は臨場感に溢れている。綴られた事件や出来事の一部始終に鎮衛が立ち会い、登場する人物たちの顔を間近で見、声を聴き、弾みで飛んでくる唾まで浴びせられたのではないか、と思えてくる。

もとより鎮衛は曲亭馬琴《きよくていばきん》こと滝沢解《たきざわとく》のような戯作者でも、今年の顔見世で四世鶴屋南北《つるやなんぼく》を襲名する運びとなった勝俵蔵の如き歌舞伎芝居の作者でもない。余人に思いもよらぬ想を練り、形にする筆力を武器にして世を渡る立場でもない。御公儀の一役人として経験を積み、職歴を重ねてきた身であって、創作は生業《なりわい》どころか趣味にもしていなかった。

しかし、直に接したことが対象ならば話は別だ。

役人は真実のみを相手取る。

鎮衛が一貫して携わってきた勘定方には、特に当てはまることである。

御金蔵《おかねぐら》も御米蔵《おこめぐら》も、偽りの額や数が混じっていてはならぬもの。

そこを曲げて数字を舐《な》め、都合に合わせて増減させるのは上《うえ》つ方《かた》のみ。

鎮衛は性分として、たとえ可能であってもやらないことだ。

鎮衛は根岸家に婿入りして御勘定の御役に就いた当初から、一切のごまかしが通用しないと恐れられてきたという。

当人が自慢したわけではなく、同役や下役だった人々から出た話だ。

あの男には人の心が読めるに違いない。

接した相手の本音のみならず、過去までも見て取れる。

さもなくば、斯くも的確に御役目を全うすることは叶うまい。

それでいて、わざと上役の誤りを見過ごすことがある。

同役や下役の失敗を、分かっていながら不問に付したとしか思えぬこともあった。

御公金や年貢米の勘定に限らず、事件の吟味においてもそうだった。

後に『耳嚢』で幾つも綴られたように証拠を残さず詮議《せんぎ》を逃れ、ふてぶてしく悪事を重ねる輩を、惜しげもなく御放免にしてしまう。

持ち前の粘り強さで自白に追い込み、口書《くちがき》を取ってしまえば良いものを、放生会《ほうじょうえ》の亀でも逃がすように解き放っていたのは解せぬこと。現に『耳嚢』に出てくる悪人は自滅に至る説話を除き、誰も裁きを受けていないではないか——。

「……左様、それが天網《てんもう》じゃ……」

鎮衛が寝言を口にした。側近くに控えていると時々あることだ。

天網といえば老子《ろうし》曰《いわ》く、天網恢恢疎而不失《かいかいそにしてうしなわず》――天帝《てんてい》が悪人を捕らえるために張った網は目が粗《あら》く大きいものの、決して取り逃がすことはないとの意。鎮衛の口から出たのを耳にしたのは、起きている時も含めて初めてだ。

しかし南の名奉行ともあろう者の言葉にしては陳腐《ちんぷ》では、と判じざるを得まい。

悪事を犯している自覚なき者に、幾ら道理を説いたところで無駄なこと。

後ろめたいから聞きたくないと多少なりとも思うのならば救いようもあるが、なぜ言われるのか本気で分からぬ輩に対しては、口を動かすだけ勿体《もったい》なかろう。

「そうか……ならば御用じゃ」

鎮衛の口がまた動く。

疲れが溜まり、寝惚《ねぼ》けているのか。

ならば傍らで気を揉《も》むよりも、そっとしておくのが忠義というもの。

譲之助は一つ微笑むと腰を上げた。

未だ見習いとはいえ、暇を持て余しているわけではない。

そろそろ役宅から離れて奉行所に顔を出さねば、与力と同心たちの不満が募る。

内与力は無駄飯食い。

そう思い込んでいる連中と、上手く折り合うのは難しい。

そこのところは譲之助も半ば諦めている。

彼らが文句を言うばかりで手を動かさず、御用を怠っているのであれば話は別だが南町奉行所は与力も同心もおおむね勤勉だ。

十三年前に鎮衛が着任した当初は反発する与力も一人ならず居たものだが、名奉行と呼ぶにふさわしい能力を鎮衛が備えているのを知り、的確な指示に従えば間違いがないと理解するに及ぶと無意味な反抗を止めて、ほとんどの者が指図のとおりに動くようになった。

その素直さが、実は怠慢《たいまん》であるが故なのも譲之助は知っていた。

考えることは、全てお奉行に任せておけばいい。

下手な考え休むに似たり。

こっちは手駒《てごま》に徹するべし。

それがお互いに良いことなのだ、と割り切って恥じずにいる。

鎮衛の着任から何年も経たぬ内に、そういう風潮になってきたのだ。

未だ一部には鎮衛の吟味に異を唱え、罪一等を減ずるが妥当と判じたのに逆らって死罪を主張して止まず、断固処すべしと意見を曲げぬ与力も居る。

そうして揉めた事件ほど、後から濡《ぬ》れ衣《ぎぬ》だったと発覚しがちなものである。

取り返しがつくはずもなく、できるのは成仏《じょうぶつ》を願って供養《くよう》に勤しむことぐらいだが冤罪《えんざい》を招いた当の与力は知らぬ存ぜぬを決め込んで何もしないし、何もできない。

鎮衛が番外同心を誕生させた背景には、そんな過ちを繰り返させまいとする意向もあるという。とりわけ若様に当てはまることであった。

過去の記憶を失った若様には、余計な思い込みが一切ない。

どのような事件に遭遇しても一から考え、真相に辿り着こうとする。

その素直さが功を奏するが故、解決の糸口が見つかりやすいのであろう。

ともあれ、今は主君の安眠が最優先。

日頃の疲れが少しでも、これで癒されるなら幸いだ。

衣擦《きぬず》れを立てぬように気を付けながら、譲之助は敷居際に向かう。

その耳に、思いもよらない一言が届いた。

「譲之助、縄打てい」

「お奉行？」

驚きの余りに、譲之助は声を上げる。

慌てて振り向くと、鎮衛は未だ目を閉じたまま。

夢の中で番外同心たちを動かし、捕物の指揮を任せた譲之助に御用にさせた相手は果たして何者なのだろうか——。

三

文月——旧暦七月の江戸といえば、鰻《うなぎ》の蒲焼《かばやき》である。
日の本で鰻は古来より栄養食として珍重され、かの『万葉集』の編者として名高い大伴家持《おおとものやかもち》は「武奈伎《むなぎ》」と称し、

夏痩せに　吉《よし》というもの　そ武奈伎取り食《め》せ

と詠《よ》んだ一首を、石麻呂《いしまろ》なる人物に贈っている。

「痩せっぽちのお友達をからかった歌だって言われてんのよ。知ってた？　若様」

「すみません、その道にはとんと暗くて」

本当に暗いのは恋の道です、と口に出せない若様だ。

柚香を救った一件以来、お陽はとみに積極的。

今日は浜町河岸まで連れ出され、鰻を馳走《ちそう》に与ることとなった。

しかも、奢《おご》ってくれるのはお陽ではない。

払いを請け合ったのは、同行した銚子屋門左衛門。

「どうです若様、般若湯《はんにゃとう》の冷たいとこでも？」

笑顔で猪口《ちょこ》を差し出す門左衛門は、苦《にが》み走った顔立ちをした五十男。深川で指折りの分限者となった今の姿しか若様は知らないが、若い頃には三代目の例に漏れず酒《しゅ》色遊興《しょくゆうきょう》に現《うつつ》を抜かし、一度は勘当されたこともあるという。

銚子屋は門左衛門の祖父が江戸に出て、裸一貫で興《おこ》した店だ。生まれ育った港町の名前を屋号と定め、名産の鰯《いわし》を原料とする干鰯を商うことに誇りを持っていた祖父は苦労知らずで育った孫を銚子に送り、鰯漁の船に乗せるのみならず重労働の干鰯作りにも従事させ、無駄遣いした金の重みを骨身に染みるまで思い知らせた。

勘当を解かれた門左衛門は心を入れ替えて商いに身を入れ、酒と煙草も嗜《たしな》み程度に留めて倹約を心掛ける一方、色里通いを止めて女房一筋に勤しんだ。

そして授かったのが、一人娘のお陽である。

門左衛門は先立たれた女房の分まで親の役目に手を抜かず、男手でなすべきことは全てやってきた。

子育ての仕上げは、良い連れ合いを迎えること。

若様はお陽のみならず門左衛門にも、婿入りを切に望まれている。

「さ、どうぞ」

門左衛門が重ねて促した。

「頂戴します」

猪口に半分ほど注がれた酒を、少しずつ口にする。

江戸に居着いて半年が過ぎ、若様は目に見えて精悍になってきた。

銚子屋の手伝いをする傍ら、門左衛門が所有する長屋で木戸番をしていた頃は酒はもとより生臭《なまぐさ》にも慣れておらず、冬場の鍋物に欠かせぬ鯨《くじら》や猪《いのしし》、軍鶏《しゃも》は脂《あぶら》が強すぎて体が受け付けなかったものだが、八丁堀の組屋敷では共に暮らし始めた子どもたちに滋養を付けさせるため、日に一度は食膳に上《のぼ》せる青魚や浅蜊《あさり》の剝き身、卵をお相《しょう》伴《ばん》に与っていた。

江戸の家庭で馴染みの青魚は、鰯と秋刀魚《さんま》だ。水揚げされるや塩をまぶして街道と運河を併用して運ばれる。口臭の素になるとして武家では敬遠されるそうだが俊平と健作はお構いなしで、時々飯を食いに来る弟分の少年たちも感心するほど綺麗に身を浚《さら》い、頭と親骨しか遺さない。同じ青魚でも鰹《かつお》を初めとする大物は値が張る上に腐りやすく、若様も初鰹なるものは話に聞くだけで未だ口にしたことはなかった。

もちろん鰻を口にするのは、今日が初めてである。

通されたのは二階の座敷。

障子窓を開いた部屋に吹き入る風は、潮の香りを孕《はら》んでいた。

「その先にあった中洲は、天明の頃のお江戸で指折りの盛り場でございましてね」

若様が返した猪口を手酌で満たし、門左衛門は微笑みながら一口啜る。

「いつ行っても賑やかだったわね、おとっつあん」

お陽も懐かしそうに目を細めた。

「常にお二人で出かけられたのですか」

「まぁ、魔除《まよ》けを兼ねてのことでござんしたがね」

杯を乾した門左衛門が、くすりと笑う。

「魔除け、ですか？」

若様が不思議そうに問い返した。

「嫌だ、若様にそんなこと言わないの」

「まぁまぁ、ぼちぼち覚えていただこうじゃないか」

恥ずかしそうにつぶやくお陽を宥め、門左衛門は若様に視線を戻した。

「その中洲新地ってのは河岸からの眺めが良うございましてね、お日様が沈んだ後に惜しみなく明かりを点《とも》した時なんざ、そりゃあ見事でした。それで夕涼みがてら足を運んだもんですが、なにぶん女を置いてる店がひしめき合っておりましてね。この子をいつも連れ歩いて、独りじゃ出向かねぇようにしてたんですよ。その昔にわっちをそそのかして道を迷わせやがった、悪い虫がまたぞろ湧いて来ねぇように、ね」

「何言ってんのよ、おとっつあん」

「どうしたんだいお陽、そんな顔をして?」

「まったく、もう」

お陽がぷりぷりしながら若様に向き直った。

「ねぇねぇ若様、おとっつあんったら酷いのよ」

「何とされたのですか、お陽さん」

「何かいい話をしていたけど、女遊びの悪い虫ってのはちっとも収まっちゃいないんだから」

「はぁ」

困惑した面持ちの若様に、お陽は更に訴えかけた。

「あたしはこの十日ばかり、八丁堀のお屋敷に行けなかったでしょ」

「はい。心配して佐賀町まで足を運んだ沢井さんが、お店にかかりきりになっていると言うておられました」

「そうなのよ。ずっとおとっつぁんが留守にしてたんだから」

「十日もお留守に、ですか？」

さすがに若様も驚いた。

門左衛門は涼しい顔で酒器を取り、乾した猪口を手酌で満たしている。

「酷いでしょ？　あたしも二日は辛抱したけど、三日目にはとうとう堪りかねて番頭さんを問い質したの。そしたら品川で流連《いつづけ》してるって言うじゃないの！」

「いつづけ？」

「後朝《きぬぎぬ》の別れの名残を惜しみ続けて、ついつい長居しちまうことですよ」

意味が分からぬ若様に、門左衛門はさらりと告げる。

「ということは、銚子屋殿はおなごのところに長逗留を……」

それではお陽が怒るのも無理はない。

「いやはや、面目ありません」

門左衛門は苦笑しながら猪口を取って、くいと乾す。

「その顔のどこが面目ないのよ、おとっつあん！」

「まぁまぁ、そう怒りなさんな」

目を吊り上げたお陽を門左衛門は宥めた。

「番頭さんを問い詰めたんなら、行先は昔の馴染みってことも聞いたんだろ」

「聞いたわよ。五十過ぎのお婆さんなんだって⁉」

「婆さんはないだろう。まだまだ残《のこ》んの色香《いろか》ってのが捨てたもんじゃねぇ、ちょいと鮫肌《さめはだ》だけど可愛い妓《こ》さね」

「何のろけてんのよ、娘の前で」

「いい加減にしておきな。他のお客が来たらどうすんだい」

幸いにも、まだ二階の客は三人のみ。

しかし鰻はそろそろ焼き上がり、運ばれてくる頃合いだ。

「お陽さん、今日のところはそのへんで」

「……分かったわよ」

お陽は恥ずかしそうに目を背《そむ》け、興奮の余りに浮かせた腰を落ち着ける。

「ご勘弁くださいよ若様。この子は腹が減ると機嫌が悪くなるんでね」

「おとっつあん、そんなこと若様に言わないでよ！」

「それで中洲の新地でも、屋台でいろいろ食べさせてやったんですよ」

門左衛門は顔を真っ赤にしたお陽に微笑みかけると、若様には猪口を握らせた。

「寿司に天ぷらに水菓子も、あれこれ売っていたねぇ……そうそう、蒲焼も忘れちゃいけない。ひと手間かけて蒸すことも、身が崩れないように串を三本打つのも、あの頃には当たり前になっていたからねぇ」

思い出を交えた講釈は、若様が初めて知ることばかりだった。

万葉の歌に詠まれ、平安京の公家も精を付けるのに好んだ鰻が当時どのようにして食されていたのかは定かでないが、室町の世の『かばやき』は丸焼きにしたのを盛り付ける際に切り分け、味付けには当時は貴重だった醬油を酒と交ぜたもの、あるいは山椒味噌《さんしょうみそ》が添えられた。

この『かばやき』が戦国の乱世を経て丸のまま長い串に刺し、塩焼きにする野趣《やしゅ》に溢れた一品となり、蒲《がま》の花の穂に形が似ていたことから『蒲焼』と記された。

生類憐《しょうるいあわれ》みの令が撤廃された正徳《しょうとく》年間には頭を落として骨を抜き、素焼きにしたのにたれを塗ってつけ焼きにする調理法が上方《かみがた》から伝来。川で獲れる江戸の鰻に独特の泥臭さを抜くために蒸しの工程が加わったことにより余分な脂も取り除かれ、屋台売りの軽食として歓迎されるに至ったのだ。

「へい、おまちどうさんでございやす」

そんな話をしているうちに、鰻のお重《じゅう》が運ばれてきた。

「さぁ、どうぞ」

「足りなかったら言って頂戴ね」

「いただきます」

笑顔の父娘に勧められ、若様は一礼して割り箸を取る。

竹で作られた使い捨ての箸は、座敷の鰻屋が普及させたものだという。

「うむ……うむ……」

鰻重を堪能《たんのう》する若様を前にして、お陽の顔は思わず綻ぶ。

「いい食べっぷりだ。うん、男ってのはこうでなくっちゃいけねぇやな」

門左衛門も箸を割り、お陽も黙って後に続く。

温かい飯と鰻の蒲焼は、最高と言っても過言ではない取り合わせ。天明の頃は鰻と飯を別々に用意する、いわゆる「つけめし」だったのを同じお重や丼にまとめ、飯の上だけではなく間にも蒲焼を挟む、二度美味しい工夫がされるようになったのは元号が文化と改められた後のことだ。

文化の世も八年を数え、鰻屋は江戸市中のあちこちに店を構えている。

深川でも銚子屋のお膝元の佐賀町を初めとして、獲れたてを手際よく捌《さば》いては焼き上げていく様を目にすることができた。

「この店も以前は深川で商いをしていたそうだよ」

いち早く食べ終えた門左衛門が、ふと思い出した様子で言った。

「そうなの？　鰻屋さんで布袋屋《ほてい》なんて、聞いたことのない屋号だけど……」

「前は大黒屋《だいこく》って名乗ってたんだよ。七福神《しちふくじん》繋がりで替えたんだろうね」

機嫌を直したお陽に答えつつ、門左衛門は土瓶に手を伸ばした。

若様はもとより娘の分まで茶を注ぎ分け、余りを自分の碗に絞って落とす。

名だたる大店のあるじでありながら、門左衛門の立居振る舞いには驕ったところが全く見受けられない。

そうでなければ大川端で行き倒れかけていた、どこの馬の骨かも分からぬ風来坊を介抱したのみならず、暮らしが成り立つまで世話を焼きはしなかっただろう。

身なりも必要以上に華美にせず、昨夜まで色街で過ごしていたと言いながら、殊更に張り込んではいなかった。

それでいて、払いをするために取り出した紙入れは見るからに分厚い。

「結構なお味でしたよ。ああ、おつりは取っといておくんなさい」

器を提げに上がってきた店の若い者に多めに勘定を渡し、おもむろに腰の煙草入れに手を伸ばす。

「ああ、すまないが一服《いっぷく》だけ吸わせてくれないかい」

「へい、どうぞごゆっくりなせぇまし」

若い者は恭しく一礼し、階段を降りていく。

若様とお陽をしばし待たせ、門左衛門が堪能した煙草は國分《こくぶ》。

甘さを帯びた紫煙《しえん》は、傍らに居ても不快と思うほどではない。

「二人とも待たせたね」

「先に行くわよ、おとっつあん」

煙管《きせる》を仕舞う門左衛門を後に残し、お陽が席を立った。

続いて腰を上げた若様は、何げなく振り返る。

「どうしなすったんです、若様」

煙草入れを帯に挟み直した門左衛門が、不思議そうに問いかける。

今し方まで膨らんでいたはずの懐が、妙にすっきりしている。

「銚子屋殿、紙入れをお忘れでは……」

「いいんですよ。そのまま、そのまま」

戸惑う若様の背中を押して、門左衛門は階段を降りていった。

「ちょいと旦那、お客さん！」

給仕をしていた若い者が、息せき切って駆けてきた。

河岸に着けておいた銚子屋の船に、ちょうど三人が乗り込んだ時だった。

「あー、間に合って何よりでござんした……」

安堵の面持ちでつぶやきながら、若い者は息を吐く。

後から恰幅の良い、小太りの男も姿を見せた。

「おや、お前さんは」

「布袋屋のあるじでございやす。その昔は深川で大黒屋って店をやらせていただいておりやした」

船縁を摑んで立った門左衛門に、男が差し出したのは分厚い紙入れ。

「これはこれは、わざわざすまないね」

門左衛門は何食わぬ顔で受け取った。

若様は傍らで黙って様子を窺っている。わざと忘れたのが何故なのか分かるまでは余計な口を挟むべきではないだろう。

「それにしてもどうしてご亭主が？　番屋にでも届けてくれればいいものを」

「いえね、こういう忘れもんはすぐにお返ししなくっちゃいけねぇって日頃から肝に銘じているんでさ」

「どういうことだい」

「大きな声じゃ申せやせんが深川で店を張ってた頃、悪い虫にそそのかされちまったことがありやして……お察しくだせぇ」

「そうだったのかい。道理で鰻の味が違うわけだ」

門左衛門は納得した様子でつぶやくと、紙入れから一分金を二つ取り出した。

「剝き出しで失礼だが納めておくれ。こういうときのお礼は十分の一ってのが決まりだろう」

「いえいえ、そのお礼ってやつもご勘弁くだせぇやし」

男は慌てて手を打ち振った。

何故に固辞《こじ》するのかを答えぬまま、若い者を促して踵を返す。

「それじゃ失礼いたしやす。よろしかったら、またのお越しを……」

深々と頭を下げる男を残し、船は浜町川に乗り出した。

「どうしたの、おとっつあん？　紙入れを忘れたことなんて一遍だってなかったのに」

「こいつぁ子細あってのことなんだ。ともあれ改心していてくれて何よりだったよ」

首を傾げるお陽をよそに、門左衛門がつぶやく言葉は意味深《いみしん》。

若様は疑念を募らせながらも口を閉ざし、船の進みゆく先を見つめていた。

四

若様と門左衛門が役宅を訪れたのは、ちょうど鎮衛が目を覚ました頃。

お陽は八丁堀の組屋敷へ赴き、子どもたちが手習いから帰ってくるのを迎えてやりたいと別れた後である。若様はご一緒にと門左衛門に誘われて、共に数寄屋橋へ足を向けたのだった。

「おお、銚子屋か」

私室の敷居越しに呼びかける鎮衛は、門左衛門の用向きを承知の様子。

「お奉行様、よくお休みになられたようでございますね」

「うむ。夢見は余り良くなかったがの」

上座に胡坐を掻いた鎮衛は、大きな欠伸《あくび》をひとつした。

「して銚子屋、首尾は」

「どちらも白と判じます。十分に悔い改めたようで」

「左様か。おぬしの見立てならば大事あるまい」

若様には意味の分からぬ言葉を交わしながら、二人は微笑み合っている。

「お奉行、これは一体」

「その顔もごもっともじゃ。これを見ながら話を致そう」

鎮衛が腰を上げ、床の間に向き直る。

違い棚から持ってきたのは『耳嚢』の綴りが一つ。

番外同心とした面々を初めて一堂に会させた時にも、鎮衛は若様に『耳嚢』の原本を読ませている。書き損じを裂いた付箋《ふせん》が米糊《こめのり》で貼られ、過去のことながら見過ごせない事件の存在を示したものであった。

こたびは全ての巻ではなく、上から二つ目だけを手にしていた。

手招きをされた若様は、座り直した鎮衛の横に着く。

門左衛門は下座で独り、黙って膝を揃えていた。

「この中に収められた話に絡んで、銚子屋に見立てを頼んでおったのじゃ」

「それがこちらと……これですか」

二箇所の付箋を示されて、若様は手を伸ばした。

鎮衛が門左衛門に託したのは、二巻に収められた『品川にてかたり致せし出家の事』という話にまつわる事件。

内容は以下のとおりである。

品川宿の食売旅籠《めしうりはたご》に通い詰め、酒色の日々に明け暮れる破戒僧《はかいそう》が居た。

ある日、僧は馴染みの旅籠のあるじに、来る途中で拾ったものだが単なる落とし物ではなさそうだ、と切り餅四つ――百両入りの分厚い財布を見せた。切り餅には御定法のとおりに封印がされており、近在の村から代官所に納める年貢金らしい。

旅籠のあるじは落とし主を探すと偽って悪い仲間たちを集め、猫糞《ねこばば》を決め込んでの山分けを決意した。まず偽の村人をでっち上げ、予期したとおり謝礼を無心してきた僧に三十両を渡すから、と切り餅をその場で割ろうとするや、生臭坊主は上手い話に乗ってくるどころか激怒。年貢金の一部を勝手に遣うことはできぬはずなのにけしからん、と財布ごと取り返し、封印を切らせてなるものかと一同を睨み付ける。いつもの破戒僧ぶりから一転した正義感を見せながらも酒を持って来させ、かっ喰らうことは忘れなかった。

困惑した一同は自腹で三十両を出し合って僧に渡し、後から文句は付けないと証文まで取り交わして納得させたが、ようやく手に入れた百両は真っ赤な偽物で、待望の封を破った中身は子どもの玩具の土瓦《かわらけ》。年貢の金納という、外部の者が裏を取り得ぬことに目を付けた、巧妙にして大胆な詐欺だったのだ。

騙されたと詰め寄ったあるじたちだが、僧は証文を盾にして言い抜け、それからも我が物にした三十両を軍資金にして、店に通い続けたという。

この話の末尾には『又』と題し、浜町河岸の大黒屋なる鰻屋を相手に同様の手口で大金を騙《かた》り取った僧の話が添えられている。その内容は安永六年(一七七七)に正《せい》長軒《ちょうけん》こと橘《たちばな》宗雪《そうせつ》が著したとされる奇談集『吾妻《あずま》みやげ』にも『深川うなぎ屋かたりの事』として収録されており、二人の書き手が同じ話を書いていながら異なる点が少なからず見受けられるのが興味深い。

宗雪は題名のとおり深川八幡前の鰻屋を舞台とする一方、商いに差し障る屋号まで明かしていないが、結末は『耳嚢』以上に厳しい。鰻屋のあるじたちに詰め寄られた僧が開き直って町役人の許に出頭し、まんまと裁きを免れたからだ。

落とし主の分からぬ大金の猫糞は、たとえ結果が大損でも罪に問われる。僧の訴えによって発覚すれば、共倒れになるだけでは済まされまい——。

町役人から諭されたあるじたちは世間体を守るため、外道坊主に騙し取られた金を諦めた上、示談金まで支払わざるを得なくされてしまったのである。

「それなる鰻屋が、深川では大黒屋と称しておったのか」

「左様でございます、お奉行様」

門左衛門は綴られた話に目を通しながら浜町河岸、そして品川で調べてきたことを鎮衛に報告していた。

「昔取った杵柄《きねづか》で荒事《あらごと》も辞さないつもりでございましたが、どっちの亭主もお利口で幸いでござんした。品川宿の食売旅籠も、わっちが勘当される前に通った時分は酷い有様でして、昔は飯が足りねぇで床ん中でふのりを啜って腹の虫をごまかしてるのを見かねて、亭主の眼を盗んじゃ折詰を届けてやったもんですが、今じゃそんなことはありません。ぜんぶの店が改まったわけじゃありませんが、その店は死んだ女の亡骸を粗末に扱わねぇで、きちんと弔《とむら》いもしておりました」

種明かしをされて驚く若様を前にして、門左衛門は残念そうに微笑んだ。

本気で落胆《らくたん》しているわけではない。

かつての悪が罰されずとも更生していたのを、心から喜んでいる顔であった。

「お奉行はまた何故に、左様なことを」

「紙背《しはい》に見えたのだ。白き光の中にて、高笑いをしおる者どもの悪相がの」

「それなる綴りの、その後ろに……？」

「月が明けて早々から、急に視《み》えるようになってのう。この年になるまでは、ついぞ無かったことなのじゃ」

鎮衛は二人に向かい、己が心眼について明かした。

この世ならざる存在が視認できたのは、物心がついた頃からのことだった。

生まれてから日が浅く、あの世との繫がりが未だ残る幼子たちは霊魂が見て取れるのを不思議に思わないという。

しかし、鎮衛の場合は髪置きを経て髷を結い、前髪を落として元服するに至っても変わることなく、異界幽界《いかいゆうかい》との接点は保たれ続けた。

「この異なる力をどうしたものかと、二十二の年に根岸の家へ婿入りをするまであれこれ悩み、試し……終いには有るがまま、受け入れるより他にないと思い至った次第なのじゃ」

「奥方様は、ご存じなのでございますか？」

門左衛門が問いかけた。

「存じておる。愚息《ぐそく》は何も知らぬがの」

「つまり杢之丞様に伝わってはおられぬと」

「あれは隠し事のできる質でない。斯様な力を持ったとなれば尚のことじゃ」

「たとえ親御様には明かせずとも、ご朋輩《ほうばい》の田村様には打ち明けなさるでしょう」

「左様。その譲之助も黙ってはおられまい」

鎮衛の実家の安生家にも、そのような力を生まれ持った者はかつて居ない。

父祖から伝わったものとは違う、鎮衛一人にのみ備わった心眼なのだ。

「世の中にはお奉行様とご同様のお方が、存外に多いと仄聞《そくぶん》しておりまする」

門左衛門は冷静だった。かねてより世間で噂になっていたことが真実だったと知るに及んでも、慌てふためくことはなかった。

もとより承知の若様は、無言で膝を揃えている。

「ところでお奉行様、紙背にお視えになられし様のことでございますが、私が探って参りし店々のあるじたちは、白い光の中に居ると申されましたな」

門左衛門が改めて問いかけた。

「うむ。いずれも強き光ぞ」

「古より白き光は聖なるもの。あの者たちが悪ならば、その輝きに耐えられぬことでございましょう？」

「言われてみれば左様だの……いずれも行いを正し、今は全うに生きておるとあらば浄《きよ》められたと判ずるべきか」

「はい、左様にお考えなさるのがよろしいかと」

門左衛門は合点した面持ちで頷くと、二巻目の綴りを鎮衛に返した。

鎮衛は腰を上げ、床の間に歩み寄る。

違い棚に戻した手で、すぐ下に置かれた綴りを取る。

その目が喝《かっ》と見開かれたのは二人の前に戻り、目を通し始めて早々のことだった。

「……若様」

「はい、お奉行」

「相すまぬが田村と共に、小伝馬町まで出向いてくれぬか」

「譲之助さんと、小伝馬町に？」

思わぬ用向きを告げられて、若様は困惑した様子。

「詳しい処《ところ》は今話す……」

鎮衛は告げながらも視線を離さず、手にした綴りに見入っていた。

五

その仏具《ぶつぐ》屋は小伝馬町の囚獄《しゅうごく》を間近に臨む、通りの角に店を構えていた。

「旦那も妙なお人でござんすねぇ。臭い飯を喰らわされなすった牢屋敷のすぐ近くに好きこのんでお店を持たなくたっていいじゃありやせんか？」

「ばかやろ、ここだからいいんじゃねぇか」

手代と思しき若い男をどやしつけたのは、ごま塩頭の小柄な男。

暑さ凌ぎに袖を捲り上げ、剝き出しにした右の腕には彫物《ほりもの》があった。

それは正式には刺青《いれずみ》と称される、罪を犯したことの証し。

灯火に浮かぶ「サ」の一文字は幕府が管理する佐渡金山に送り込まれ、罪の報いに金掘人足《かなほりにんそく》として労働に従事させられた身であることを示していた。

天明の大飢饉をきっかけにして江戸に流れ込んだのを捕えられ、罪も犯していないのに佐渡送りにされた無宿《むしゆくにん》人にしては年を取り過ぎている。刑に値する罪を重ねたに相違ない、面付きも悪辣《あくらつ》な老爺であった。

「ねぇ旦那、そろそろ分け前をおくんなさいな」

長火鉢の向こうから老爺に流し目を呉れたのは、女中の装いをした三十女。身なりこそ奉公人らしく堅実にして質素なものだが、漂わせる雰囲気は莫連女《ばくれんおんな》そのものだ。

傍らの手代も地味な木綿物が似合わない、博打うちのような手合いである。

「そうですよ旦那、おいらとおぎんが騙り集めただけでも二十両は越えてるはずじゃありやせんかい」

「おうともよ。お前らがとっつかまったら首が飛んじまう額だぜ」

「それじゃ、十両ずつくださるんで？」

「ばかやろ。そんな大金は今の倍は稼いでこなきゃ渡せねぇやな」

「倍ですかい。そいつぁ難儀だ」

「弱音を吐くんじゃねぇよ。信用借りの手練手管《てれんてくだ》ってやつを、この半年で教え込んでやったじゃねぇか」

「そうだよ金太《きんた》、しっかりおしな」

「へっ、うそ泣きで人様の同情を買える女は楽でいいよな」

「だったらお前もやってみたらいいだろう」

「大の男が涙を流して効き目があるわけねぇだろ」

「いや、そんなこともねぇぜ」

老爺がおもむろに口を開いた。

「俺が佐渡で稼いだ手口は、今じゃ南の町奉行になってる根岸肥前守の野郎に書かれちまったことだけじゃねぇ。男の泣き落としってのも存外上手くいくもんだ」

「ほんとですかい？」

「騙されたと思ってやってみな。ほれ、得意先の婆さんにお前さんに気を許してるのが一人居ただろ」

「ああ、あの後家《ごけ》さんですかい」

「いけるんなら一発こますもよかろうぜ」

「そうだよ金太、やっちまいな」

けしかける老爺の尻馬に乗り、おぎんも下卑た笑みを浮かべた。

「ご免くださいまし」

そこに戸板越しの訪いが聞こえてきた。

「すみませんねぇ、今日はもう終《しま》いですんで」

先んじて答えたのは金太だった。

しかし、訪いの声はまだ止まない。

「すぐにお暇《いとま》致します。急にお数珠《じゅず》が切れてしまったもので」

「そいつぁ難儀でございやしょう。ちょいとお待ちくださいまし」

声を荒げかけた金太をひっぱたき、腰を上げたのはあるじの老爺。

手下の二人に奥へ引っ込むようにと身振りで指図し、店の土間へと降り立った。

「お待たせしました。あるじの善吉《ぜんきち》にございます」

「善吉さん？　ご冗談を」

顔を合わせるなり告げてきたのは本多髷の青年。帯前に小脇差を差している。木綿の筒袖と野袴はこざっぱりしているが、貧乏御家人の部屋住みといったところだろう。

「何ですかいお前さん、藪から棒に」

偽名のとおりに善人面を装っていた老爺が、憮然と見返す。

「その顔がお似合いですよ、吉兵衛《きちべえ》さん」

「てめぇ、何もんだっ」

たちまち歯を剝く老爺は、かつて大坂《おおさか》吉兵衛と名乗った身。

流刑に処された先の佐渡で模範囚となり、悪しき本性を巧みに覆い隠して、信用を取り付けた土地の人々から多額の金子《きんす》を証文なしに借りたまま、返さずじまいで逃げおおせたことは『耳囊』三巻目に『悪業《あくぎよう》その手段も一工夫ある事』と題して、詳細に綴られている。

それは佐渡奉行を務めた鎮衛が他の話に増して、怒りを込めて綴った事件。

たとえ罪にはならずとも、許し難いと見なしていた。

その一念が紙背に通じ、今の有様を映し出したのだろう。

門左衛門が出向いた店々のあるじたちのように悪しき行いを改めていれば、こちらも白い光の中に見えたことだろう。

しかし心眼が捉えたのは、今なお悪事を重ねる吉兵衛の姿。

抱えの飯盛女《めしもりおんな》たちを酷使していた品川の食売旅籠のあるじも、異なる屋号で深川に店を出し、隙あらば忘れ物の大金を平気でくすねる鰻屋も、かつての悪しき姿を白い光の中で浄化され、今の姿は心眼には映らない。

だが吉兵衛は未だ悪事を重ねて止まぬのみならず、後を受け継ぐ若い手下まで育成していたのだ。

放っておけば、また泣きを見る人々が出る。

罪に問われることなく逃れる術《すべ》を知る、外道《げどう》どもの餌食《えじき》にされてしまうのだ。

冗談ではない。

そんなことが許されていいものか。

若様は無言で吉兵衛を見返した。

「どうした若造。てめぇは誰だっ」

「私ですか？」

若様は静かに答えた。

「お使いですよ」

「使いだと」

「はい」

「何様のお使いだってんだ、若造」

吉兵衛は問い返しつつ、右手を懐に忍ばせた。

「僭越《せんえつ》ながら、天からの使いにございます」

告げると同時に青年は前に出た。

吉兵衛が懐に呑んでいた匕首《あいくち》で突いてきたのをかわしざま、鉄拳が水月を打つ。

よろめくところにもう一撃、ずんと拳がめり込んだ。

「あなたは一打ちでは足りません……」

悶絶《もんぜつ》したのに言い渡す、若様の表情は険《けわ》しいもの。

出向く前に目を通した綴りの内容は、それほどの怒りを抱かせるものだった。

「済んだか、若様」

奥から譲之助の声がする。

手下の二人は仲良く気を失い、捕縄で縛り上げられていた。

六

捕縛された咎人《とがにん》は身柄を小伝馬町の牢屋敷に一度送られた後、召し捕った役人の許にて吟味を受けることとなる。

目と鼻の先の囚獄で一夜を過ごした悪党どもは、翌朝早々に数寄屋橋御門内の南町奉行所へ連行された。

「久方ぶりだの、大坂吉兵衛」

「ね、根岸肥前守……」

白洲《しらす》に引き据えられた吉兵衛は、血走った眼で鎮衛を見上げる。

初回の吟味は町奉行が直々に執り行い、最後に刑の執行を告げる際に再び咎人と顔を合わせる。

「次に顔を合わせるまで長くはかかるまい。左様に心得おることじゃ」

「ふざけるない、よくも人を嵌《は》めやがって！」

「嵌めただと？　人聞きの悪いことを申すな」

「とぼけるんじゃねぇや。あの若いさむれぇは、お前の手のもんだろ」

「はて、何を言うておるのか分からぬのう」

「それじゃ、どうして南の与力が出張ってきたんだい」

「あの者は所用で大伝馬町へ向かう途次《とじ》、うぬらが店の中で交わせし悪事の話を耳にした故、踏み込んだと申しておるぞ」

「それじゃ、あの若いのは」

「くどいのう。左様な者は与り知らぬ」

「ほんとかよ？　天の使いとかってほざいてたぜ」

「ほう。その者が網を張り、悪を捕らえてくれたのか」

鎮衛は感心した様子でつぶやいた。

「何でぇ、やっぱり知ってんだろ」

「いや、今のは天の采配《さいはい》に感服《かんぷく》つかまつったのだ」

何食わぬ顔で鎮衛は言った。

「うぬはもとより存ぜぬであろうが、天網恢恢疎にして漏らさずと申しての、悪事を重ねて懲《こ》りるを知らず、己が所業を顧《かえり》みようともせぬ輩ほど、知らぬ間に張り巡らされし網に掛かるのだ」

「その網ってのは、てめぇが張らせたんじゃねぇのかい⁉」

「無礼を申すな。天罰が下ろうぞ」

わめく外道に有無を言わさず、鎮衛は決めつけた。

「引っ立てい」

手下の二人と共に連行されていくのを見送り、向かうは奉行所の玄関だ。

式台には駕籠が横付けされ、供の者たちが揃っている。

登城前の寸暇《すんか》を縫って、速やかに初回の裁きを終えたのだ。

玄関先では若様も、供侍に交じって立っている。

今し方まで白洲の様子を傍聴していたのだ。

無言で若様と視線を交わした鎮衛は駕籠に乗り込む間際、他の者には分からぬように目礼をした。

こたびの若様の働きに謝してのことである。

佐渡で吉兵衛が重ねた悪事は、人として許し難い所業。

若様の怒りに触れたのも当然と思える内容だった。

しかし、それも鎮衛への信頼なくして成し得ることではない。

心眼に映った場所に赴き、下調べもなしに御用にする。もしも誤りならば、若様のほうが罪に問われる行動だ。それを迷わず実行したのだ。

鎮衛に万全の信頼を寄せているのは、譲之助も同じである。

番外同心は直に咎人を捕縛できぬため、同行するのはいつものことだが、こたびは常にも増して鎮衛への信頼が必須であった。

それを迷わず受け入れて、譲之助は動いたのだ。

「出立！」

供頭の号令の下、登城の一行が動き出す。

離れて見送っていた譲之助に、若様が歩み寄る。

「どうです、一汗掻きませんか」

「されば、稽古場へ参るか」

「そんなら俺も付き合うぜ」

様子を見ていた杢之丞も駆け寄ってくる。

「お前さんとは前っから手合わせしてみたかったんだ。よろしく頼むぜ」

「こちらこそ、よしなにお頼み申します」

嬉々とする杢之丞と言葉を交わす、若様の顔も晴れやか。

奉行所内に設けられた柔術の稽古場は、与力も同心も好んで近付くことがない。

人目を忍ぶ若様が思い切り汗を流すには、お誂《あつら》え向きの場所であった。

第七章　名奉行の彫物は？

一

文月も末に至った頃、吉兵衛一味に裁きの下る日がやってきた。

御白洲が開かれたのは初回の取り調べと同じく、鎮衛の登城前のこと。

この御白洲には若様も同席する運びとなった。

もとより番外同心としてではない。

吉兵衛が善吉と名を偽って堅気の商人を装い、悪事の根城《ねじろ》とするために営んでいた小伝馬町の仏具店をたまたま訪れたところ匕首《あいくち》を向けられ、突きかかってきたのを腕に覚えの技で手捕りにしてのけた功労者兼証人として、出頭を求められた形となっていた。

早めに八丁堀の組屋敷を出て数寄屋橋御門を潜り、奉行所内に入った若様に対して南町の役人たちは誰も敵意など向けてはこない。

門番の足軽には、

「おお。朝も早うからご苦労だな」

と笑顔で迎えられ、玄関番の侍からは、

「御白洲に出るのは咎人どもが雁首を揃えてからでよい。しばし休んでおれ」

と自ら淹れた茶でもてなされ、お相伴をしに玄関番の詰所に入り込んできた蹲《つくばい》同心の老若の二人組に至っては、

「御裁きとなりゃお前さんも落ち着かねぇだろうが安心しな。お奉行に何を訊かれても、仰せのとおりにございます、ってだけお答えしときゃ間違いねぇからよ」

「おぬしの腕前が尋常ならざるものなのは骨身に染みておるが、吉兵衛が騒ぎ立てても手出しは遠慮してくれ。おぬしも初回の調べで察したとおり、あやつは怒りに我を忘れて墓穴《ぼけつ》を掘る質なのでな……お奉行もご承知の上で好きにさせておられるご様子なれば我ら両名も静観し、危うくなるまで取り押さえるのは控えるつもりだ」

と熱い茶を共に啜《すす》りながら若様に向かって口々に、本来は役人が証人に与えるのは控えるべき助言までしてくれた。

若様が去る卯月に南町奉行所に乗り込んできて門番に玄関番、番方若同心から柔術の猛者で鳴らした見習い内与力の田村譲之助に至るまで、立ち向かった全員を目にも止まらぬ早業《はやわざ》で投げ倒し、失神させたことを誰も忘れてはいない。

にもかかわらず遺恨を抱くことなく親しげに接してくるのは、若様の立場の偽装が完璧であるが故だった。

「お前さん、まだ若えのに感心なこったな」

年嵩《としかさ》の蹲同心が親しげに語りかけてきた。

「銚子屋の娘が花嫁修業を兼ねて炊事洗濯をしてくれてはいても、ちびどもの相手はお前さんがしてるんだろ？　俺も覚えのあるこったが、男の子ってのは形《なり》は小さくても力が有り余ってやがるから、ちょいと遊びに付き合うだけで一苦労なんだよなぁ」

「何ほどのこともありません。手習いの先生も良き方に恵まれましたので」

「そいつぁ北町の田山《たやま》んとこに間借りをし始めたっていう従妹《いとこ》のことかい」

「左様です。算学で身を立てんと志されるもお抱え先に恵まれず、八丁堀にて子ども相手の私塾を開こうと、一念発起なさったそうで……」

「我ら町方の許に身を寄せれば安全とあって間借りをする儒者は多いが算学者、それもおなごの先生は珍しいからな。その話が持ち上がったのを潮《しお》に田山さんのご両親は組屋敷を出て、借家に移られたのだろう？」

「はい。学びの進み具合に応じて部屋を分け、お屋敷を広々と使うておられます」

「それは良きやり方ぞ。女だてらに気が強く、悪戯っ子は泣き出すまで叱るそうだが教え方はまことに丁寧で分かりやすいと聞いておる。うちの子も先々のために算学をやらせようかと、妻《さい》と話しておるところだ」

「よろしいのではないかと存じまする」

いま一人の若い蹲同心に受け答えをする若様の態度は、あくまで礼儀正しい。

若様の表向きの立場は、銚子屋が鎮衛から借りたことになっている八丁堀の組屋敷の留守番にして、仮のあるじだ。

実際には番外同心の報酬の一部として無償で提供されている組屋敷だが、それは公《おおやけ》には明かせぬ話。そこで鎮衛は門左衛門と話を合わせ、若様が南町に乗り込んで無実の証しを立てた新太と太郎吉、おみよを引き取り、育てるための場所として、折よく空きの出た組屋敷を、若様を後見する門左衛門に貸与したことにしたのだ。

町奉行所勤めの与力は将軍家御直参の旗本に、同心は御家人にそれぞれ準じた身分だが、給与と官舎は南北の町奉行が一括して御公儀から受け取り、個々に分け与える形となっている。

欠員が生じ、支給を受ける者が居なくなった禄米《ろくまい》と組屋敷の管理は該当《がいとう》の町奉行に委《ゆだ》ねられ、私腹を肥やすために悪用することも可能であったが、鎮衛が組屋敷を貸しに出したのは身寄りのない子どもたちを育成させるためであり、これは町奉行が江戸市中の司法と共に預かる行政に繋がることだ。

配下の与力と同心に文句を付ける余地はなく、賃料を納めてくれるのが深川でも指折りの豪商である銚子屋門左衛門とあれば尚のこと安心だ。仮のあるじとなる若様が先頃まで深川佐賀町に干鰯問屋を構える銚子屋を手伝う一方、門左衛門が所有する長屋の木戸番を任されていた前歴も活き、誰にも不審を抱かれるには至っていない。

本所割下水の貧乏御家人の倅で評判の悪たれの沢井俊平と平田健作が同居している理由については、深川で親しくなった若様から無頼の暮らしを諫められ、二人の反省ぶりを認めた門左衛門が更生のために規則正しい生活を送らせるべく、居候《いそうろう》を勧めたことになっていた。

「それにしてもお前さん、あの御家人どもまで居候させて大丈夫かい？」

年嵩の蹲同心が、ふと思い出した様子で若様に問いかけた。

「大事ありません。さまざまな店子《たなこ》の方々とお付き合いをすることは、佐賀町の裏店暮らしで慣れております故」

「そうは申せど、相手はあの割下水の悪たれぞ。本所深川見廻の連中が手を焼きおる地回りどもも、あやつらの前では借りてきた猫の如くだそうではないか」

若い蹲同心も心配そうに問うてくる。

「沢井さんは存外気のいい方ですし、平田さんも話せる方ですよ」

その二人が番外同心の仲間に加わった甲斐あって、本所深川見廻の御用がはかどるようになったとは明かせぬ若様である。

「ご馳走様でした」

玄関番の侍たちに礼を述べると若様は立ち上がった。

番茶と共に振る舞われた煎餅《せんべい》を一枚、齧《かじ》り終えたばかりであった。

「それじゃ飯尾《いいお》、俺たちも行くとしようかね」

「心得ました、宇田《うだ》さん」

老若二人の蹲同心も腰を上げ、刀を帯びる。

折しも吉兵衛と手下の二人が、牢屋敷から連行されてきたところだった。

二

南北の町奉行所には、中庭に面して御白洲が設けられている。

この御白洲で数度に亘る取り調べを受けた後に裁きを下されるのは、江戸市中に居を構えていて悪事に及んだ咎人だ。

浪人を除く士分の者は評定所で、大名に仕える藩士は主君の上屋敷でそれぞれ裁きを受けるが、結審まで身柄を拘束される場所が牢屋敷なのは誰もが同じで、取り調べのたびに連行されてくる。

南町奉行所に吉兵衛一味が連れて来られるのは、今日で四度目。

鎮衛が直々に御白洲に臨むのは、初回の取り調べ以来のことであった。

裁きの場は始まって早々から騒々しかった。

「小伝馬町二丁目仏具商い善吉こと吉兵衛、そのほうの儀《ぎ》、罪を得て佐渡金山にて刑に服せし折、功ありて監視の手が緩みしことを幸い――」

「やかましいわ肥前守、ようも汚い手ぇ使《つこ》て嵌めよったな！　あほんだらあほんだら

あほんだら!!」

厳《おごそ》かに言い渡す鎮衛に抗って、吉兵衛は生国《しょうごく》の大坂言葉で喚《わめ》き立てる。

垢じみた麻の単衣は浅葱《あさぎ》色。

牢屋敷に収監された者が老若男女の別なく袖を通す、獄衣《ごくい》である。

吉兵衛のごま塩頭は全て白くなった上に脂が抜け、髪も地肌もぱさついていた。

げっそりと両の頰がこけたばかりか、本来ならば痩せても落ちない顎の下の肉まで削《そ》がれたかのように失せている。

大坂無宿だった吉兵衛にとって、江戸での牢暮らしは佐渡送りにされて以来。

齢を重ねて送られた小伝馬町の牢屋敷は、若い頃に経験した以上の苛酷《かこく》さだった。

吉兵衛が収監されたのは二間《にけん》牢。

無宿牢とも呼ばれる、人別から名前を削《けず》られた者たち専用の雑居房だ。

親子ほど年の離れた牢名主《ろうなぬし》が仕切る牢内では、麦の交じった物相《もっそう》飯も碌に食えない日々を強いられた。囚人の世話をする下男《しもおとこ》が運んできたのを受け取るなり横から箸が伸びてきて、横取りされた後は一口か二口しか残らない。

年寄りに敬意を払うどころか、遠慮も何もありはしない。長幼の序を重んじる儒《じゅ》教《きょう》のじの字も知らぬらしい。

二間牢に限らず御牢内では前科者は優遇されるのが習いだが、吉兵衛が佐渡送りにされた証しの刺青は全く役に立たなかった。

この世の地獄と言われる小伝馬町でも特に苛酷な二間牢で幅を利かせるのは、腕と度胸を兼ね備えた博徒だ。

娑婆《しゃば》で親分と呼ばれた立場ならば尚のこと優遇されるが、街道筋の宿場町を稼ぎ場とする旅鴉《たびがらす》は軽んじられる。神田《かんだ》の水道《すいどう》で産湯《うぶゆ》を遣った末に身を持ち崩した江戸無宿が大きな顔をしているため、近在の生まれでも江戸っ子でない武州《ぶしゅう》無宿は分《ぶ》が悪い。

いずれにしても吉兵衛にとっては、甚《はなは》だ不利な環境であった。

吉兵衛は江戸で贅六《ぜいろく》呼ばわりをされる大坂の出だ。

佐渡に江戸と長きに亘った他国の暮らしで上方訛りを控えるのも自在だが、入牢に立ち会う鍵役《かぎやく》同心がいちいち生国を口に出すので丸わかり。おまけに命の蔓《つる》と言われる牢名主への献上金《けんじようきん》を持ち合わせておらず、新入りを歓迎すると称して振るう制裁のキメ板——牢の片隅に切られた便器の蓋《ふた》を用いた尻叩きを余計にお見舞いされた。

熊じみた容貌《ようぼう》の牢名主が程々にしておけと口を挟んでくれたおかげで骨までは折られずに済んだが、同じ畳に座らされた囚人の話によると痛め付けすぎて呻かれるのが鬱陶《うっとう》しいが故の手加減だったらしい。

先頃までの二間牢は詰め込まれた囚人の数が極《きわ》みに達し、もしも吉兵衛が梅雨の頃に牢入りをしたのであれば当夜の内に作造《さくづく》りと称して寝込みを襲われ、濡れ雑巾《ぞうきん》で口を塞いで窒息させる間引《まび》きの対象にされたに違いないという、ぞっとする話もついでに聞かされた。

この世の地獄と言われるのは大袈裟《おおげさ》ではなかったらしい。

腹いせに式亭三馬《しきていさんば》の『浮世風呂《うきよぶろ》』と『浮世床《どこ》』の向こうを張った『憂世牢《うきよ》』とでも題した戯作を世に出して、御牢内の実情を暴露してやりたいところであるが、無学の身では古典を巧みにもじった文章など書けはしない。

吉兵衛が生まれながらに恵まれたのは善人になりすまして人を信用させ、機が熟すのを待って言葉巧みに金を引き出すことを可能とする演技の力のみ。その芝居も蓋を開ければ芸として舞台で披露するには至らない、お粗末なものでしかなかった。

手下の金太は大牢《たいろう》に、おぎんは女牢《おんな》にそれぞれ収監された。

鞘土間《さやどま》と呼ばれる廊下で繋がっていても牢そのものが別ならば、顔を合わせるのは奉行所に連行される時だけだ。

二人は役人に召し捕られたのも、牢に入れられたのも初めてのこと。

よほど堪《こた》えているらしく、揃って目は虚《うつ》ろだった。

裁きを目前にして耐え難い現実から目を背け、心を閉ざしているのだろう。

もとより自業自得だが、吉兵衛は口惜《くちお》しい。

罪に問われぬように人を乗せ、金を引き出す悪事にも才能は必要だ。

その才覚に、金太もおぎんも恵まれていた。

つけあがらぬように厳しく接してきたが、これほどの手駒は滅多に揃うまい。

そんな二人を一度に失い、自分も引導を渡された。

全ては鎮衛のせいである。

五十両に相当する銭を少しずつ騙り取り、これを佐渡土産として江戸に舞い戻って三十余年。

仏具商の株を買って店を借り、檀家《だんか》となる寺を決め、詐欺《さぎ》そのものでありながら罪には問われぬ、狡猾《こうかつ》な手口で悪銭《あくせん》を稼ぎまくった日々もこれまでなのだ。

手柄《てがら》が欲しければ他の悪党どもを追っていればいいものを、三十年余りも前の旧悪をわざわざ暴《あば》き立て、御縄にするとは何事か。

そう思えば、口を閉ざしてなどいられない。

「大坂を舐めるんやないで肥前守！　われの裁きなんぞ怖《こわ》ないわ!!」

尚も喚き立てるのを、同席した役人たちは誰も止めない。

証人の若様も膝を揃えて背筋を伸ばし、微動だにせずにいた。

「おう若造、われりゃあ肥前守の手先やろ！」

吉兵衛が怒りの矛先《ほこさき》を向けてきた。

しかし、若様は答えない。

代わりに答えを与えたのは鎮衛だ。

「何を申す。そのほうのものだった店に訪ね参りし客ではないか」

「何が客や！　わしのほんまの名を暴きよって、御縄にする手伝いをしたんやで⁉」

「その儀ならば二度目の取り調べにて判明したはずぞ。そのほうが悪事を重ねし身と聞き及び、義によって捕らえんと乗り出してくれた奇特《きとく》な仁《じん》じゃ」

「その悪事を、捕物のいろはも知らん若造が、どないして知ったんや！」

「ほう、悪事を重ねたことは認めるのだな」

「！」

吉兵衛は慌てて口を閉ざした。

だが、今となっては遅きに過ぎる。

鎮衛が直々に受け持った初回の取り調べから、吉兵衛はこの有様だった。

ひとたび我を失うと、自分から口を割る。痛いところを突かれるとむきになり、己《おの》が悪事が露見すると気付かぬまま喚き立てる。

言葉巧みに人を騙すことに長じている反面、実に堪え性がない。無意味に自尊心が高いが故に、自分が不当と感じた扱いに耐えられぬのだ。

興奮するほど自白に等しいぼろを出し、語るに落ちた次第となることは厳しい裁きを下す理由とするのに好都合だ。

町奉行が受け持つ初回の取り調べの後を受け、二回目以降を担当する吟味方与力も抜かりなく、このやり方を踏襲《とうしゅう》した。

暴言を吐きたいだけ吐かせてやった後、書役《かきやく》同心が記録した口書《くちがき》に爪印《つめいん》を捺《お》させる段になった時だけ有無を言わさずに叱りつけ、鎮衛による最終の裁きに繋いだのだ。

吉兵衛は鎮衛が佐渡奉行だった時に裁けなかった、因縁の相手。

徳川の世の司法に時効というものは存在しないが、数十年の時を追及されずに乗り切ってきた騙り屋の守銭奴《しゅせんど》を、正攻法で罪に問うのは至難だった。

故に若様は詐術を用い、吉兵衛に実の名前を白状させて召し捕ったのだ。

人知れず行われる悪事を暴き、今や相手の居場所を特定し得る域にまで達した鎮衛の心眼も、罪に問う証拠には成り得ない。

どうして吉兵衛の所在が分かったのか、真相を明かして自白を迫ったところで恐れ入るどころか鼻の先で笑われ、冷静になって言い逃れをされるのが関《せき》の山。

それでは『耳嚢』に綴られた、佐渡の被害者たちも報われまい。

咎人が天網に掛かるのを待つだけでは誰も捕まらず、罪にも問われまい。

故に天の使いとなる者が必要なのであり、小賢《こざか》しい手合いが相手であれば罠にかけるのを恥じる必要もないことを、若様はこたびの捕物を通じて知った。

悪しき者は狡猾にして巧妙だ。正面から挑んでも策を弄《ろう》して切り返し、付け入る隙を与えない。

そんな悪知恵と計算を無効にするのが、鎮衛の心眼なのだ。

あの人智の及ばぬ力を疑わず、導かれるがままに動くべし。

そうすることに迷いはない。

若様は鎮衛と出会い、その導きによって、今の立場となった身だ。

過去の自分が何者だったのか、何のために生きていたのかは未だ思い出せない。

それでいいのだ。

若様は今の自分が好きである。

最初から、斯くあるべきだったのではないか、とさえ思えていた。

三

老いても恥を知らない吉兵衛に、ついに年貢の納め時が来た。

「囚人たちの供養を頼むと装い、近在の住持《じゅうじ》に近付きて言葉巧みに籠絡《ろうらく》。同山の檀家、並びに所縁《ゆかり》の町民と親しゅう交わり、寸借《すんしゃく》を重ねし五百貫文《かんもん》の返済が、今日に至るまでなきこと不届き至極《しごく》」

怒り心頭の吉兵衛の罵声《ばせい》を凌《しの》ぐ、腹の底から発する声で鎮衛は判決を告げた。

「のみならず江戸に居を構えし後も同様の悪事を続け、老いてなお悪事を伝承させんと標榜《ひょうぼう》するに至りては情状酌量《じょうじょうしゃくりょう》の余地これなく吉兵衛は江戸十里四方追放、配下金太並びにぎんは江戸所払《ばら》いに処するものなり」

「……所払い、やて？」

吉兵衛が狐に摘《つま》まれたような顔をした。

「左様」

「お前はん、わしらを死罪にするつもりやったんと違うんか？」

「異なことを申すな。左様なことを言うた覚えはないぞ」

信じ難い様子で問う吉兵衛に、鎮衛は真面目な顔で答えた。

「それがしも覚えはございませぬ」

すかさず同調したのは、合間の取り調べを受け持った吟味方与力。他の役人たちも一様に小さく頷き、無言の内に同意を示した。

「せやったらどないして天網だの天罰だのって、ご大層《たいそう》に言うとったんや」

「そのほうにとっては、大層なことのはずぞ」

「そない言うけど、たかが所払いやないか。獄門だの市中引き回しだの覚悟しとったのに、拍子抜けもええとこや」

驚きが失せるにつれて、吉兵衛の声は明るくなっていた。

「ふむ、そのほうは存じておらぬらしいのう」

鎮衛はつぶやきながら腕を組む。

「何のことや？」

吉兵衛は訳が分からない。

「所払いには付加される刑があるのだ」

「ふか？」

「付け加え、要はおまけという意味ぞ」

意味が分からぬ吉兵衛に、鎮衛の脇に座った吟味方与力が淡々と告げる。

「左様。このおまけは、どうあっても受け取らねばならぬものと心得よ」

鎮衛は配下任せにしておかず、真面目な面持ちのままで続けて言った。

「同じ所払いでも、そのほうが処されしは日本橋を起点とする半径五里、十里四方に立ち入りを禁じ、配下の両名は品川に板橋《いたばし》、千住《せんじゅ》の各宿場、及び本所と深川、四谷に設けられし大木戸の内に住むことを禁ずる刑じゃ。いま一つの宿場である内藤新宿《ないとうしんじゅく》は差し支えなきものと心得よ。あの界隈は新興《しんこう》の地なれば職さえ厭《いと》わねば自ずと仕事の口も多い故、食いっぱぐれることはあるまい」

鎮衛の説明を耳にして、金太とおぎんの顔色が良くなった。

所払いは咎人の地縁《ちえん》を絶ち、悪事と縁を切らせることを目的とする。

暮らしの面での不自由は、それまでツケ払いで済まされた買い物や飲み食いが一切できなくなり、一から店々の信用を得なければならぬこと。

住むところも速やかに当たりを付け、店子となって身許を確かなものとしなければ無宿の扱いにされてしまう。

もちろん仕事も新たに就く必要があるが、善吉こと吉兵衛が罪に問われ、営む仏具商そのものが廃店となるのだから是非もない。

吉兵衛も店を閉めざるを得ないことは覚悟していたが、それだけでは済まされそうにはない雲行きであった。

「それよりお奉行、おまけのことを教えとくなはれ」

「気になるか」

「そら当たり前ですがな」

もはや吉兵衛も暴言を吐くどころではない。

「されば、教えてつかわそう」

懸命に食い下がってきたのを受け、鎮衛は告げた。

「本来ならば所払いに付加する刑は闕所《けっしょ》と申しての、罪に問われし者が私財を御公儀が没収する。軽ければ家財のみじゃが重き場合は家屋敷と田畑も収公《しゅこう》、すなわち御上のものと相成《あいな》る」

「ほんなら、わしの店は閉めるだけや済まんと……」

「左様。重ねし罪の重さを鑑み、余さず召し上げる」

「じ、冗談やろ？」

「冗談はそのほうの顔であろう。いっぱしの悪党が何たる様《ざま》じゃ」

「か、顔なんぞ、どないでもええやろ」

吉兵衛は涙を流していた。

「泣いておらずに喜ぶがよかろうぞ、吉兵衛」

　構うことなく鎮衛は言い渡す。

「ただし、そのほうに限っては別の刑を付加する運びとなった」

「ほんまか！」

　吉兵衛の顔に希望の赤みが差した。

「左様。闕所に処するは金太とぎんのみぞ」

「おおきに、お奉行はん」

　答えを聞くより先に礼を言う。

　その礼に応じることなく、鎮衛は告げた。

「吉兵衛、そのほうは身代限りの刑に処す」

「えっ……」

　吉兵衛の顔色が前にも増して悪くなった。

「ほう、こたびは意味が分かったらしいの。ただし、根こそぎ召し上げられし私財を納める先は御公儀ではないぞ」

　その顔色を見て取りながら、鎮衛は続けて言った。

「身代限りは闕所と似て非なるものでの、犯せし罪を贖《あがな》うために家財を没収し、その全てを以て償《つぐな》わせることじゃ」

「…………」

吉兵衛の答えはない。

押し黙ったまま、滂沱《ぼうだ》の涙を流している。

それが悔し涙と承知の上で、鎮衛は更に説き聞かせた。

「身共が配下の闕所方が勘定せしところによると、そのほうを身代限りに処すことによって佐渡にて騙り取りし五百貫文も返済が叶うそうじゃ。江戸に参りて信用借りを重ねし分も多い故、利息を付けるわけには参らぬが、元金だけで得心するように身共が一筆添えてつかわすので安心せい」

「そないなこと言われても嬉しいわけないやろが、阿呆《あほう》……」

吉兵衛は涙を流しながら毒づいた。

口ぶりとは裏腹に、鎮衛が座した段の下へと躙《にじ》り寄る。

南町奉行所に到着すると同時に縄を解かれたのを幸いに、細い諸腕《もろがいな》をすがりつかんばかりに伸ばしていた。

しかし、鎮衛はにべもない。

「年寄りの空涙《そらなみだ》は見苦しいぞ」

「う、嘘泣きなんぞしてへんわい」

「ならば潔《いさぎよ》うせい。男は諦めが肝心ぞ」

「ほんなら、どうあっても店の沽券《こけん》だけやのうて、わしが汗水たらして貯めた金まで根こそぎ持ってく言いよるんか……？」

「くどいぞ。先程から左様に申しておるだろう」

「そないされるんは百歩譲って諦めるわ……せやけど、わしがいてこましたった奴らに返すいうんは酷すぎるわ」

「何が酷いと申すのだ。当然至極の筋道であろう」

「それが違《ちゃ》う言うとるんや。わしと同じに舌先三寸で稼ぎよる奴らは世ん中にごまんと居《お》るし、騙されたほうが悪いいうんが通り相場や。それやのにどないして、わしだけ身代投げ出して償いをせんとあかんねん⁉」

「そのほうが所在を身共が突き止めたが故の次第じゃ。天網恢恢疎にして漏らさずと初回の取り調べで申したであろう」

「闕所とやらで御公儀に持ってかれるんなら、まだええわ。橋を掛けたり、水道の傷んだとこを修繕したり、巡り巡ってわしの暮らしにも役に立つことになるさかいな。

せやけど身代限りいうのにされてもうたら、得をすんのはわしの口車にまんまと乗せられよった、お人よしどもだけやないか」

「それでいいのだ。何が不服じゃ」

「わしが稼ぎの種にしたったたんは坊ちゃん嬢ちゃん育ちの奴ばっかりや。わしと同じで金の苦労が尽きずに辛い目ぇに遭《お》うとった人たちには、指一本出してへん。それが悪党《わる》なりの気概《きがい》やったんや」

「その気概は認めてつかわすが、そのほうはまことに金の苦労をしておるのか？」

「なんも知らんくせに偉そうに言いなや」

「存じておる。そのほうの来し方は大坂に手を回し、東と西の町奉行を通じて余さず承知済みぞ。堅気であった頃から騙りの常習で、賭場通いの種銭《たねせん》に困るたびに口車を弄せしは毎度のこと。のみならず哀れな身の上を装うて、日々の煙草や飯の払いまで人任せにするのが習いだったのだろう？」

「…………」

図星を指されたらしい吉兵衛は言い返せない。

「……堪忍《かんにん》してぇな、お奉行様ぁ」

押し黙らされた末、懲りずに再び始めたのは泣き落としだった。

「老い先短い年寄りが無一文になってもうて、どないしたらええっちゅうんや？」

「余生を全うしたいのならば、まことに汗水たらして働くことじゃ。これより先も人を騙し、悪銭を得んとする料簡《りようけん》ならば地獄行きは間違いあるまい」

「…………」

吉兵衛は再び黙り込んだ。

のろのろと身を起こし、白洲の玉砂利に敷かれた茣蓙《ござ》の上に座り直す。泣き落としを試みても無駄だと悟ったらしい。

沈黙したのにもはや構わず、鎮衛は金太とおぎんに向かって告げた。

「そのほうらには奉公せし間の給金が支払われる。それを以て居を構え、職を探すがよかろうぞ」

「ほんとですか、お奉行様？」

「重ね重ね、かっちけねぇことでございやす」

弾んだ声を上げたおぎんに続き、金太も深々と頭を下げた。

「ただし、吉兵衛が約せし悪銭の分け前に与ることは相成らぬ。そやつが家財と共に全額を闕所物奉行が没収した上で、そのほうらが騙しに掛けた者たちに返済する運びとなる故、左様に心得よ」

鎮衛が厳かに言い渡したのは老中首座の松平《まつだいら》伊豆守《いずのかみ》信明《のぶあきら》に願い出て、他の老中からの諮問も重ねた末に許しを得たことであった。

本来ならば御公儀に納めるべき吉兵衛の家財の売り上げと貯め込んだ金子を格別の慈悲により、被害に遭った人々への返済に充当することを認めてほしい。

それも江戸市中に留まらず、吉兵衛が流刑中に悪事を働いた佐渡の被害者まで対象に含めたい。

そう鎮衛が願い出た当初、信明をはじめとした老中たちは良い顔をしなかった。

所払いの付加刑は闕所とするのが御定法。

それを身代限りに替えては、御公儀の収入にならない。

咎人の財産を没収し、売却するのは闕所も身代限りも同じだが、悪辣な騙りの親玉を召し捕っておきながら一文にもならぬとあっては、裁きに掛ける甲斐がない。

そんな意見をして承認を渋る信明を、鎮衛はこう言って説得した。

長崎の出島《でじま》から代替わりをするたびに江戸へ挨拶に訪れる阿蘭陀商館長のカピタンから密かに訊き出した話によると、西洋においては悪魔と契約を結んで常ならぬ力を得た者に嫌疑を掛け、拷問《ごうもん》によって自白に至らしめ、死罪に処して財産を取り上げることが一頃ほど盛んではないものの、未だ行われているという。

俗に魔女狩りと称されながらも男女の別なく対象とされたため、正しくは魔法使い狩り。その実態は富める者を無実の罪に陥れ、財を奪う所業に他ならなかった。

財産目当ての処刑など、あってはならないことである。

五代綱吉《つなよし》が将軍だった当時に阿蘭陀商館付の医師として江戸を訪れ、謁見《えっけん》の場で綱吉から格別の親愛の情を示されたケンペルは、この悪習により身内を亡くしている。

ケンペルの叔父に当たるアンドレアス・コッホが牧師を務める身でありながら魔法使いの疑いを掛けられ、職を追われた上で拷問によって殺害されたのは魔女狩りに異を唱え、市の政に携わる参事会議員なる者たちの敵意を買ったが故のこと。魔女狩りが純然たる信仰心に基づく正義の執行ではなく、俗物どもが私利私欲を満たすために推し進めていた実態を示す話である。

綱吉公が親愛を授けたケンペルに報いるためにも、闕所によって得られる利を目的とした裁きは下せない。

それに吉兵衛の一件は被害に遭った者が明らかな、身代限りに処して償わせるのが可能な例である。

殺人まで犯していれば金銭だけで贖い得ず、騙りの賠償にしても被害に遭った全員に弁済させるとなれば元金を捻出するのが精一杯だが、それでも放置しておくよりは救われる。

これは被害者たちへの慈悲のみに基づいた考えではない。

吉兵衛は命を絶たれることにも増して、金を失うのを苦痛とする質。

身代限りを付加した所払いは死罪に処されるよりも、よほど身に堪える刑である。

己が所業を悪事と思わず、我が身を顧みることを知らない吉兵衛に科する罪の報いとして、これに勝る刑は存在すまい――。

四

鎮衛は黙り込んだ吉兵衛をよそに、手下の二人に語りかけた。

「そのほうら、異存はあるまいな」

「もちろん文句なんぞはございやせん。ご存分になすってくだせぇやし」

「あたしもですよ、お奉行様。十両を超える分け前に与ったら死罪になるって親方に言われてこの方、あたしゃ御牢内でも生きた心地がしなかったんですよ」

「されば安心するがよい。この裁きを得心せし上で受け入れたのならば、そのほうらにとっても功徳《くどく》となろう」

「そいつぁあり難え。放生会で亀を買うより、よっぽどいいや」

「おかげさまで心置きなく出直せます」

嬉々として答える金太とおぎんは、共に憑《つ》き物が落ちたかのようであった。

悪事とは重ねるほどに、人の心を麻痺《まひ》させる。

騙りのように大金を得る歓びを伴う犯罪は、尚のこと質《たち》が悪い。

金太とおぎんも御縄にされるのがいま少し遅ければ、手遅れになっていただろう。

しかし二人は据えた灸《きゅう》が効く、ぎりぎりのところで間に合った。

吉兵衛の如く諦めの悪い浅ましさを示すことなく、笑顔が自然に浮かぶのであれば大丈夫。まだやり直しができるはず。

鎮衛は左様に判じた上で、吉兵衛に視線を戻した。

「…………」

無言で睨み上げてくる、老いた悪党の目は据わっていた。

「……何が功徳や」

つぶやく声は、先程までとは一転して低い。

声を嗄《か》らしたからではなく、より深い恨みと怒りを込めたが故のことだった。

「ふざけるのも大概にせえ、肥前守」

「黙りおれ、御白洲を何と心得るか」

地の底から湧き上がるかのような怒声に動じず、答える鎮衛はあくまで冷静。

対する吉兵衛も声を張り上げることなく訥々《とつとつ》と、言葉を絞り出していた。

「われこそ何考えとるんや。将軍家御直参のお旗本ともあろう者が派手に彫物なんぞしよってからに」

「何を言うかと思えば埒もない……」

「とぼけよっても無駄やで。わてはこの目で、はっきり見とるんやからな」

「出鱈目《でたらめ》を申すでないわ」

鎮衛の声は落ち着き払っていた。

本気で覚えがない。そう言いたげな面持ちだ。

鎮衛が佐渡奉行を務めていたのは、任命された天明四年（一七八四）弥生《やよい》の十二日から三年後の文月一日、勘定奉行に任命されるまでのこと。吉兵衛の悪事は佐渡奉行として最後の年に当たる天明七年（一七八七）に被害者たちからの聞き取りで知るに至った話で、直に顔を合わせてはいなかった。そもそも二人が佐渡で過ごした時期はほとんど一致しておらず、接点は皆無に等しい。

にもかかわらず吉兵衛は、具体的なことを指摘してきた。

「お前はんの彫物は、お武家が不吉や言うて嫌いはる椿《つばき》の花や」

「何を根も葉もないことを」

「あれはお前はんが佐渡入りして早々に、金山の視察に出張りよった時やった。ぞろぞろ付いてきよる配下の連中の目ぇ盗んで、岩場の陰に駆け込みよったやろ？」

「………」

「あすこはわしが日頃から、息抜きすんのに使てた穴場でな。あの日もええ心持ちで涼んどったんやが、よりにもよってお奉行に見つかってもうたら命はあらへん。泡ぁ食って隠れたとこに駆け込んできて。どないしよ思て往生してたら、お前はんは諸肌《もろはだ》脱いで重ね着しとった半襦袢を抜き取りよった。朝の内は冷えよったから一枚余分に着込んでたんやろけど、それが仇《あだ》になったなぁ。背中は岩肌に向けとったけど両の肩までは隠せんと、五弁《ごべん》の真っ赤な椿を二つも晒しよって」

「………」

「どや肥前守？　幾らわしが騙りで鳴らした大坂吉兵衛やいうても、口から出まかせでここまではよう言わん。間違いのう、この目でしかと見たことや」

吉兵衛は勢い込んで畳みかける。

されど、鎮衛は答えない。

顔色までは変わらぬものの、一言も返せなくなっていた。

「ええ加減認めんかい、肥前守っ」

苛立つ吉兵衛は一声吠えるや、さっと右袖を捲り上げた。

朝日の下で露わにしたのは、佐渡送りに処された証である「サ」の一文字。

刑罰として施される刺青は、あくまで彫物と別の物。

人目を憚るものであるが故、罪の報いとされるのだ。

それを臆面《おくめん》もなく見せつけるとは、開き直りも甚だしい。

居並ぶ一同は誰もがそう思った。

ここまで言われておきながら黙っていては、鎮衛の沽券に関わる。

安い挑発と承知で乗ってやり、言い負かせばいいではないか——。

椿が武家で縁起が悪いとされるのは、介錯された抱き首を連想させるが故だ。

武士以外の者が処される死罪では刀を振り抜いて一刀の下に首を切断するが、切腹に伴う介錯では首の皮一枚を残して刃を止め、間を置いて引き切る。

こうすることで首を蔕《へた》から外れた椿の如く、腹を掻き切った当人の腕の中に落とすためには熟練の技を要するため、武士は稽古相手と打物《うちもの》を交えるばかりでなく、密かに介錯の修練を積むことが欠かせない。その役目は主命に限らず、腹を切る当人からの要望によって友人知人が名指しされる場合も多いからだ。

たしかに抱き首を思わせるのは不吉だが、介錯を全うすることは武士の誉れ。何ら恥じるに及ぶまい。

そもその問題である、彫物の有無についても同じであった。

鎮衛が彫物をしているらしいという噂は十三年前、南町奉行に就任した当初から囁かれていたことだ。

勘定方の御役目一筋に精勤していた当時であれば、人事の査定に差し障る重大事に発展していたかもしれない。

しかし町奉行の御役目を全うする上で、その噂はむしろ有利に働いた。

鎮衛は去る文化二年（一八〇五）の弥生に芝神明宮《しばしんめいぐう》で奉納相撲に出場した力士たちと町火消のめ組が乱闘に及び、死人が出るほどの騒ぎとなった事件を裁いている。

事の起こりはめ組の頭の倅が無料で相撲を見物しようと入り込み、連れの若い衆《し》が会場整理の力士に摘み出されたという他愛もない話だが、め組は町火消いろは四十八組の中でも二百を超える頭数の大所帯で知られた上に、神明宮を含む一帯が持ち場。面目を潰されたと激怒し、取り組みを終えた力士たちを襲撃するに至った。

知らせを受けた南町奉行所が捕方を動員したことから鎮衛が事件の裁きを担う次第

となったが、力士は諸大名のお抱えであり、事件が起きた社地は寺社奉行の管轄だ。そちらの体面も大事だが、八代将軍の吉宗が時の南町奉行だった大岡越前守《おおおかえちぜんのかみ》忠相《ただすけ》に命じて創設させた町火消、その筆頭とも言うべきめ組の体面も無下にはできかねる。いずれの面目もこれ以上は潰さぬために鎮衛は力士側の裁きを軽くし、め組の頭の倅と揉めた九竜山《くりゅうざん》を敲《たた》きの上で江戸所払いに処する一方、め組の頭の倅の辰五郎《たつごろう》と当日の連れだった長次郎《ちょうじろう》の両名を江戸十里四方追放とほぼ同じ刑罰の中《ちゅう》追放。その他の火消衆には過料を支払わせて落着《らくちゃく》とした。

本来ならば遠島に処されるところだった辰五郎を救うため、弟弟子の九竜山を庇って乱闘に応じた力士たちを無罪放免し、事件に関与しなかった雷伝為右衛門《らいでんためえもん》をはじめとする人気者にも累が及ばぬように取り計らったのである。

すでに鎮衛は南町奉行となって十年近くが経っており、その名奉行ぶりは江戸っ子の支持を得ていた。

刑事の事件のみならず民事訴訟の公事も的確に裁く一方、評定所での合議に際しては持ち前の大音声《だいおんじょう》で口うるさい面々を黙らせるのを常としたのみならず、実は彫物をしているらしいという噂も立って久しい鎮衛は、男を売って世間を渡る火消と力士の双方からも信頼を勝ち得た身。その鎮衛が思案の末に下した裁きとあって異を唱える者はなく、無事に一件落着したのでる。

この事件では長次郎らが半鐘《はんしょう》を鳴らしたために他の町火消が加勢に駆け付け、騒ぎが大きくなったことが問題視されたが鎮衛の配慮によって沙汰止みとなり、長次郎と共に火の見櫓《やぐら》へ昇って落命した、富士松《ふじまつ》といううめ組の若い衆の罪も問わなかった。

これを快挙とした江戸っ子たちは、

『南のお奉行は勝手に鳴った半鐘に罪有り、故に三宅島《みやけじま》送りに処す、って裁きを下しなすったそうだぜ』

と言い出し、あたかも真実かのように喧伝《けんでん》されたが鎮衛は敢《あ》えて否定せず、さすがは彫物奉行様だと名をあげた。

この評判は幕閣のお歴々、更に将軍の耳にまで達している。

天下の堅物と呼ばれた松平越中守定信はすでに老中首座を退き、後任の信明も体調を損《そこ》ねて勇退していた時期であったが、その評判は聞き及んでいた。

吉兵衛の付加刑を例に違《たが》えて身代限りとすることを認めたのも、他ならぬ鎮衛からの、たっての願いだったが故なのだ。

舌先三寸で人を騙すことしか能のない吉兵衛に四の五の言われる筋合いなど、もとより有りはしないのだ。

にもかかわらず、鎮衛は閉ざした口を依然として開かない。

「どないしたんや、肥前守？」

調子づいた吉兵衛が問いかける。

嘲《あざけ》るような響きまで伴った、聞くに堪えぬ声であった。

「ほんま名奉行が聞いて呆れ……」

嘲りかけた言葉が、不意に途切れる。

若様が身を乗り出しざま、水月に拳を当てたのだ。

小伝馬町の店に乗り込んだ時の如く、怒りを込めた鉄撃とは違う。

裁きが下った吉兵衛を、もはや痛め付ける必要はなかった。

だが、いつまでも悪口雑言《あっこうぞうごん》を叩かせてはおけない。敬愛を寄せるに値する、若様にとっては無二の恩人でもある鎮衛の体面を、これ以上は汚《けが》させまい。

その一念で繰り出した、経絡を的確に打つことにより速やかな失神を誘うための拳であった。

「お手出しご免」

若様が詫びた相手は、蹲同心の宇田と飯尾。

二人は黙ったまま吉兵衛の諸腕を取り、失神したのを抱え上げる。無言の内に若様を見やり、目で謝意を述べていた。

「これにて一件落着。一同、立ちませい」

吟味方与力の声が、静まり返った御白洲に響き渡った。

宇田と飯尾が連行した、吉兵衛に続き、金太とおぎんが立ち上がる。

未だ黙したままの鎮衛に一礼し、気まずそうに去っていく。

「お奉行」

吟味方与力に促され、ようやく鎮衛も腰を上げた。

五

退出した鎮衛を、譲之助が控えの間で待っていた。

御白洲を後にした若様も後ろに控え、続いて深々と頭を下げる。

「祝着《しゅうちゃく》至極《しごく》に存じまする、お奉行」

「うむ」

言葉少なに答えた鎮衛は、足を止めずに廊下を渡りゆく。

少しは落ち着きを取り戻したようである。

長袴の裾を捌き、黙々と歩みを進める様子は慣れたもの。

これから私室に一旦戻り、長袴を脱いで半袴に穿き替えるのだ。

町奉行の正装と定められた長袴は御白洲にも欠かせぬ装束《しょうぞく》だが、駕籠に乗っている間はともかく御門前で降り、本丸御殿まで歩くのがままならないからである。

「いつもながらご苦労なことだ」

澱んだ雰囲気を変えるかのように、譲之助がつぶやいた。

「まことですね」

相槌《あいづち》を打つ若様は長袴や半袴はもとより、普通の馬乗袴さえ足を通さぬ立場。

細身に仕立てた野袴も、袂の付いていない筒袖も、正装には成り得ぬ略装だ。

そんな身なりの若様だが、鎮衛は二人きりになると下にも置かぬ扱いをする。

思わぬ成り行きではあったが、これしきのことで鎮衛を軽んじはしない。

その心眼についても、若様は疑ってなどいなかった。

鎮衛曰く、若様の父親は徳川重好。

今は亡き清水徳川家の初代当主が、血を分けた実の父だという。

心眼による見立てを疑ってはいないものの、未だ実感するには至らぬ若様だ。

されど、真実には違いないのだろう。

そう思える根拠は、鎮衛の心眼だけではない。

若様は昨年の師走《しわす》以来、決まって八日になると衝動に駆られた。

そして気付くと板を抱えて千代田の御城の御堀を渡り、清水屋敷に天井裏から忍び込み、戸締めがされた一室で経を唱えていたのだ。

時刻は決まって丑三《うしみ》つ時《どき》。期せずして夜陰に乗じて忍び込んでいたが故、阻まれることもなかったのだ。

寛政七年（一七九五）に行年《ぎょうねん》五十一で亡くなった重好の命日は、文月の八日。

若様は月命日のたびに供養をすべく、墓所ではなく清水屋敷に向かっていたのだ。

記憶の有無にかかわらず、若様を衝き動かす何かが働いていたのだ。

しかし、その衝動も今は湧かなくなっていた。

卯月八日の清水屋敷で、あの少年に出会ってからのことだった。

徳川菊千代。

当代の将軍である家斉の七男で、存命の男子の中では世子の家慶の次に来る。家慶の身に万が一のことあらば清水徳川家から徳川宗家《そうけ》に戻されて次期将軍となることもあり得るものの、今は清水徳川家の三代目だ。

その菊千代と対面して以来、毎月八日の衝動は絶えた。

一つの家、一つの屋敷に、当主は一人居ればいい。

菊千代が元気である限り、若様は必要ない。

清水屋敷に、あの部屋に、もはや忍び込むには及ぶまい――。

「若様、そろそろ参れ。杢さんがお待ちなのであろう？」

譲之助が呼びかけた。

「左様でしたね」

「御白洲に出た後なれば気疲れだろうが、しかと励めよ」

「心得ました」

答える若様の声から、すでに暗さは失せていた。

「よお、首尾は上々だったらしいな」

奉行所内の稽古場に足を運んだ若様を、杢之丞は精悍な笑顔で迎えた。

「おかげさまで……」

言葉少なに頷き返した若様は、正面に祀《まつ》られた神棚に向かって一礼する。

その間も杢之丞は鍛えた体を弾ませ、受け身の独り稽古に余念がない。

共に起倒流《きとうりゅう》の柔術を学んだ譲之助の兄弟子《でし》である杢之丞は、鎮衛の一人息子にして根岸家の跡取りだ。

角張った男臭い風貌に太い眉。体格は尋常だが胸板が分厚く、腹の底から発する声の大きさは父親譲り。若い頃の鎮衛もかくやといった雰囲気を持つ好漢《こうかん》であった。

この杢之丞から稽古の相手を所望されたことにより、若様は大手を振って南町奉行所に出入りが叶う身となっていた。蹲同心の二人を始めとする面々が好意的になったのは、そんな理由もあってのことだ。

しかし、彼らは稽古にまでは参加しない。

八丁堀の直中の亀島町《かめじまちょう》に置かれた稽古場が岡っ引きや下っ引きにも開放され、素手で賊を捕らえて制圧し、縄を打って連行する手捕りの調練場《ちようれんば》だったのに対し、南北の町奉行所内に設けられた稽古場では武芸奨励のため定期的に稽古を行い、実技の考査が催される。しかし与力と同心の大半が文官である町奉行所には進んで武芸の修行に勤しむ者など皆無に等しく、参加を強制しなければ集まりが悪かった。

自前の稽古場が屋内に在ることがどれほど貴重なのかを自覚できていないのだ。

江戸開府から二百年が過ぎても、未だ屋外で稽古を行う流派は数多い。元は合戦で敵を倒す技、日頃から地べたで戦うことに慣れ、有事に備えるべきとする考えもあるだろうが、せっかく設えた稽古場が持ち腐れではもったいない。

そこで杢之丞は若様に声をかけ、共に腕を磨こうと持ちかけたのだ。

若様も思わぬ誘いに最初こそ驚いたものの、これは渡りに船である。

独り黙々と形稽古《かたげいこ》に取り組むばかりだった身にしてみれば、相手が居てくれるだけでも喜ばしい。

今日も二人は雑巾を取り、床をきれいに拭き上げることから始めた。

「お願いします」

「こちらこそ」

手ずから拭き上げた床に立ち、礼を交わす。

「参るぞ」

杢之丞が前に出た。

間合いを詰めざま組み付いたのを、若様は体のいなしで投げ倒す。拳法と共に会得している合気投《あいきな》げだ。

「まだまだっ」

受け身を取って立ち上がった杢之丞は、負けじと再び挑みかかる。

こうして若様は奉行所内の稽古場を活用し、杢之丞に加えて譲之助も手すきの折には交えた三人で稽古に汗を流すことが日課になりつつあった。

投げ技と関節技に重きを置く起倒流にも打撃技の当て身は存在するため、杢之丞も最初は若様との組み手を望んでいたが、やってみると寸止《すんど》めでも危ない。

そこで一人が投げを打ち、いま一人が受け身を取りながら攻め込む機を窺うというやり方で、攻守の役割を交代しながら行うことに落ち着いたのだ。

「杢之丞さん、お願いします」

「心得た」

若様の呼びかけで攻守が交代となった。

「むん！」

今度は杢之丞が重たい投げを打ち、若様が宙に舞う。

杢之丞と背中を合わせざま、さっと降り立つ動きは機敏。

いつもながら軽やかな体の捌きだ。

剣術の稽古にも用いる稽古場は、天井が高めの造り。

それでも勢い込んで跳んだりすれば、羽目板《はめいた》にぶつかりかねない。

若様はその辺りも考慮しながら、軽やかに投げられては跳び、立っては組み付く。

譲之助は若様と別れたまま、未だ顔を見せていなかった。

今日は亡き母親の命日で、昼まで暇を貰ったという。

休むことなく交互に投げ合う、若様と李之丞はたちまち汗塗れ。三人居れば一人は息を整えながら技の見取りをしていられるが、二人きりではそうもいかない。

「若様、一息入れるか」

「そうしましょう」

頷き合った二人は礼を交わし、額を伝って流れる汗を手の甲で払う。

李之丞は稽古を終《しま》うまで手ぬぐいを用いず、こうして払うに留めるのが常だった。

それも修行の一環と心得てのことである。

たとえ真剣勝負の最中でも、汗は止まってくれるわけではない。

目に染みれば視界を遮られ、生じた隙は命取り。

故に日頃から油断せず、危急《ききゅう》の折に備えているのだ。

丸坊主の若様はもとより、李之丞も月代をきちんと剃っていた。

根岸家の跡継ぎである李之丞は鎮衛が現役である限り、御役目に就いて出仕に及ぶことはない。それまでは日髪日剃を習いにせずとも差し支えないのだが、剃刀を毎日当てておかないと落ち着かぬらしい。

「いつもながら見事な形だな。おぬしの頭は」

息を整えた李之丞が、坊主頭を羨ましげに眺めやる。

武士は服装から髪型まで何かと規定が多いが、隠居をすれば月代を剃ることも髷を結うことも必要なくなる。刀を帯びずに脇差だけで過ごしていても構わないのと同じ理屈だ。

「頭の形の良し悪しは、赤子の時の寝かしつけ方によるそうだ」

「左様なのですか？」

「母御か乳母かは存ぜぬが、まめに枕を当ててくれたおかげぞ」

「寺に居ったことは間違いありませぬ故、女人ということはあり得ますまい」

「ならば、よほど行き届いた寺僧が面倒を見てくれたのだろう。それなる御仁が武芸のお師匠でもあったのではないかな」

「左様であれば、そのお方に足を向けては寝られませぬ」

「ほう、おぬしがそこまで申すとは珍しいな」

「近頃とみに感じるのです。これほどまでに鍛えていただいたが故、悔いなく生きていられるのだと」

「たしかに強さは大事だな。その点は俺も父上に感謝しておる」

「その当時から御用繁多《はんた》であられたでしょうに、貴公には直々にご指導を？」

「男子たる者、己が身一つで戦えずして何とすると、幼き頃より叩き込まれたよ」

「さすがは南の名奉行、やはり評判に違わぬお人です」

若様は笑顔で杢之丞に答えた。

六

「お疲れ様にございまする」

私室に戻った鎮衛を迎えたのは、たかの明るく穏やかな声だった。

「何としたのだ、今朝に限って」

鎮衛は戸惑った様子で問うた。

着替えを独りで済ませる質なのを、たかはもとより承知のはずだ。

「ほほ、たまにはよろしいではありませぬか」

たかは思い付きであるかのように答えながら夫の前に膝を揃え、長袴の紐を解く。

鎮衛は抗うことなく身を任せ、歩き難い袴から右、左と足を抜いた。

後から畳めばよい長袴を傍らに、たかは半袴を手に取った。

いつも鎮衛は自ら手熨斗《てのし》を掛けて皺を伸ばし、紐まできちんと畳んでおく。たかの手を必要以上に煩わせぬため、日頃から心がけていることだ。

穿くのも新婚当初はいざ知らず、久しく手伝わせていない。

今朝に限って、どういう風の吹き回しであろうか。

「……殿様」

たかが口を開いたのは、鎮衛に半袴を穿かせ終え、長袴を脱いだ時に外した脇差を帯び直させた時のこと。

「何じゃ？」

「たとえ椿であったとしても、私は気にいたしませぬよ」

御白洲の騒ぎを、誰かが知らせたのだろう。

「……かたじけない」

鎮衛は小声で礼を述べ、先に立って敷居を越える。

お引きずりの袖にくるんで刀を捧げ持ち、後に続くたかは鎮衛の許に嫁《か》して五十年が過ぎている。肌を合わせて久しい身なれば、夫が彫物をしていることも当然ながら承知していた。

とはいえ、その模様の意味するところが何なのかは与り知らない。

言われてみれば、たしかに椿に見えぬこともなかった。

しかし、実態を知るのは彫物をされた当人だけだ。

初夜の時にはすでに彫物を背負っていたため、二十二の年に根岸家の婿となる以前に彫ったのは間違いなかったが、何者の手によるものなのかは定かでなく、確かめる術《すべ》もない。婿入りまでに江戸を離れ、旅をした先で彫ったのならば尚のことだ。

南の名奉行には、たしかに彫物がある。

だが、その意味するところは見ただけでは判然としない。

勇み肌の男たちが背負っているのとは別物の摩訶不思議《まかふしぎ》な彫物に、果たしてどのような意味があるのか。

それはたかに限らず何人《なんぴと》にも、鎮衛が未だ明かしていない秘事だった。

南北の町奉行は昼四つに二人揃って本丸御殿に出仕し、老中からの諮問や諸役人と町方の御用に関するやり取りを済ませ、昼八つに下城する。午前十時から午後二時に当たるが夏場は一時間早くなるため、午前九時には執務を始めることとなる。

朝一番の裁きを終えた鎮衛は刻限ぎりぎりに登城に及び、中之口《なかのくち》に急いでいた。

本丸御殿の出入口は三箇所に分かれており、中奥《なかおく》詰めの者は納戸口《なんどぐち》、表で執務する者は中之口、無役の者は大名から御家人まで共通の玄関を用いる。

納戸口と中之口から入った先の廊下には役職ごとに身なりを整えるための下部屋《したべや》が

設けられ、老中の下部屋は個室となっているものの、納戸口は中奥に詰所がある側用人に御側御用取次、小姓や小納戸《こなんど》といった将軍の御側仕えの面々も用いるため機密性などありはせず、迂闊《うかつ》に私物を置けば漁《あさ》られる。

下部屋には供侍と中間を下城まで待機させることも許されているが、買収されれば同じこと。御側仕えの面々と必ずしも良好な関係を保っているとは言い難い老中たちにとっては、中奥に詰めている時と同様に気の抜けぬ場所だった。

その点は町奉行も同じだが、鎮衛は以前ほどには気を張らずとも済んでいた。

「肥前守殿」

下部屋に入った鎮衛に呼びかけたのは、先に登城していた北町奉行。

永田備後守正道。

当年六十になる、恰幅の良い男である。

「おお、今朝も早いの」

「はは、何事も慣れでござるよ」

肉の厚い顔を綻ばせて答える正道は、若い頃は痩せていた。かつての鎮衛と同じく勘定所から評定所に派遣され、留役《とめやく》を務めていた当時のことだ。

評定所留役は咎人の吟味に携わり、事件の裏を取るための調べに動く一方、過去の判例の調査も欠かせぬ御役目だ。自ずと激務を避けられず、当時の正道は血を吐くに至るまで御用に専心していたものだった。

今では別人の如く肥え太り、細かった顔も福々しくなって久しいが、身のこなしが敏捷《びんしょう》なのは変わらない。

御役目一筋では周囲との付き合いもままならず、出世にも響くと自覚して、激務の合間を縫って取り組んできた、能《のう》の稽古の成果であった。

「されば肥前守殿、参りまするか」

「うむ」

先に立って敷居を越えた正道に続き、鎮衛は下部屋を後にする。

前を歩く正道の足の運びは、いつもながら澱みがない。

十五も下とあれば動きが機敏なのは当然だったが、その一挙一動には武芸の修行者に相通じるものがあった。

それもそのはずである。

古来より武家の教養とされてきた能の所作は体を無闇に上下させず、高さを一定に保つのが基本。自ずと足腰が鍛えられ、腕を無駄に振り回すこともなくなる。

武芸の稽古は人並みにしか積んでいない正道だが、その所作は名のある流派の剣を修めた剣客にも劣らない。評定所留役を経て勘定組頭に抜擢《ばってき》され、役得に与ることで私腹を大いに肥やしながらも、体《たい》の捌きだけは未だ鈍ることを知らなかった。

先頃まで汚職に手を染めるのを恥とせず、守銭奴の誹《そし》りにも平然としていた正道も今や性根を改め、刻限ぎりぎりまで登城せずに鎮衛を待たせることも絶えて久しい。

とはいえ、先を越されたのは今朝が初めてであった。

先に立って歩みを進める正道は、後ろ姿も颯爽《さっそう》としている。

人は悪しき行いから足を洗うと、斯くも変わるものらしい。

肥えていながら体の捌きが良いのは、去る卯月の二十五日に新任の北町奉行として顔を合わせた時と同じだが、今の正道は雰囲気からして違う。

金銭への執着よりも大事なものがあることを還暦《かんれき》に至って思い出し、評定所留役の御用に邁進《まいしん》していた、若き熱血漢《ねっけつかん》であった当時に立ち戻ったからだ。

しかし、またしても血を吐くまで無理をさせるわけにはいくまい。

そのためには鎮衛も老骨に鞭打って、南町奉行の御役目を全うすることだ。

今の正道にならば、背中を預けることができる。

だが正面を護るのは、北町より格上の南町奉行。

老中をはじめとするお歴々の意見を受けるのも、その格に伴う責任であった。

「ちと構わぬか肥前守？　備後守も同席いたすがよい」

今日も信明は登城して早々、南北の町奉行を中奥の御用部屋に呼び出した。

当年四十九の老中首座は大名として、三河吉田《よしだ》藩を治める身。三代家光《いえみつ》を支えた名老中の松平伊豆守信綱《のぶつな》の子孫であるが「知恵伊豆」と称えられた先祖が偉大過ぎるが故に、半人前の「小知恵伊豆」と陰口を叩かれていた。

一度は勇退したのを呼び戻されただけあって、持病を押して天下の御政道を取り仕切る信明の存在は今の幕府に欠かせぬものだが、その方針は若手の一老中だった頃に教えを受けた松平越中守定信の模倣《もほう》に過ぎない。

それだけでは拙《まず》いと自覚し、独自の政も行おうと努力はしている。

しかし信明が来る《きたる》葉月《はづき》に実施すべく、新たに打ち出した政策は、鎮衛にとって歓迎すべからざるものであった。

「いよいよ月も明けるは間近じゃ。肥前守、件《くだん》の町触《まちぶれ》の周知徹底をよしなに頼むぞ」

「ははっ」

「これで将軍家御直参の身にあるまじき彫物をこれ見よがしにちらつかせ、悦《えつ》に入りおる愚か者どもを懲らしめてやれるというものぞ。はははは……」

上機嫌でうそぶく老中首座を前にして、膝を揃えた鎮衛は無表情。
その隣に端座した正道は心配そうに、横目で見やらずにはいられなかった。

第八章　羅刹《らせつ》の銃口

一

いつの世も、功成り名遂げた男たちは己が城である家屋敷に贅《ぜい》を尽くす。

中でも湯殿の設《しつら》えに凝り、日々の快適な入浴に費えを惜しまぬものだ。

江戸歌舞伎で人気を誇る三代目の坂東三津五郎も、風呂好きでは人後に落ちない。

三津五郎が住んでいるのは、深川は永木河岸に面した一軒家。

この邸宅で遠山金四郎はかねてより居候を決め込んでいる。

小体《こてい》ながら瀟洒《しょうしゃ》な三津五郎邸に金四郎が身を寄せたのは、昨年の暮れのこと。

同じ深川の永代橋東詰に近い佐賀町では銚子屋の世話になっていた若様の体に力が戻り、門左衛門の所有する長屋の木戸番小屋で寝起きをするようになった頃だった。

いよいよ文月も押し詰まり、夜が明ければ葉月。

夏の暑さの名残はあるものの、日が沈めば涼しくなる。たゆたう流れを間近に臨む地においては尚のことだった。

金四郎は湯殿の外に出て小腰を屈め、火吹き竹で焚口《たきぐち》に風を送っていた。

「親方、湯加減はどうだい？」

「ああ、いい塩梅《あんばい》だぜ」

湯船に浸《つ》かった三津五郎は窓越しに、いつもながら張りのある美声で答える。

持ち上げられるのは悪い気分ではないものの、相手は旗本の御曹司。

舞台では妥協を許さぬ気の強さで知られ、居を構えた地の名前にちなんで『永木の親方』と呼ばれる身にも、遠慮というものはある。

永木は富岡八幡宮《とみおかはちまんぐう》の東側を流れる堀川沿いの閑静な地で、かつて界隈に居を構えた材木商の屋号が由来。三津五郎も愛称に違わず面倒見のよい親分肌だが、五百石取りの若様である金四郎にいつまでも無頼の暮らしをさせておいてはなるまいと、屋敷に帰す機をかねてより窺っていた。

しかし、当の金四郎にその気は全くないらしい。

今日も三津五郎に用心棒の如く張り付いて離れず、永木河岸の家に戻ると朝の内に割っておいたという薪《まき》をくべて、自ら風呂を沸かしにかかった。

奉公人は他にも抱えているが、身の回りの世話は金四郎が一手に担っている。

この有様を遠山家の人々に見られれば、三津五郎はお手討ちにされかねない。

即座に金四郎が割って入り、腕に覚えの剣で止めてくれるだろうが、身内相手に不毛な争いなどさせたくはなかった。

通いの女中も引き揚げ、三津五郎の家は静まり返っていた。

永木は富岡八幡宮の門前町と木場《きば》のいずれにも近く、日中は双方の賑わいが絶えず聞こえてくるが、ひとたび日が沈めば静寂に包まれる。

裏手の汐見橋《しおみばし》を渡ると、右手には木置場。

その先を右に曲がれば洲崎《すさき》の土手だ。

洲崎の土手の突端には弁財天《べんざいてん》を祀った社《やしろ》があり、眼下の一面に葦《あし》が生い茂る土手道は参道を兼ねている。昼間は参拝客を目当てに葦簀《よしず》張りの茶屋が店を開き、社の下に広がる砂浜は潮干狩《しおひが》りの名所として知られる景勝《けいしょう》の地であるが、ひとたび日が沈めば無人と化す。

もうすぐ秋が訪れ、日も短くなってくる。

これを潮に、金四郎を親元に帰さねばなるまい。

そうは言っても、慕ってくるのを無下には扱えぬのが親分肌の宿命だ。

「おう金の字、お前さんも汗を流しな」

「構わねぇのかい？」

「ちょうどいい塩梅だって言っただろ」

窓越しに嬉々として問う声に、三津五郎は明るく答えた。

無理やり実家へ送り返すことはしたくない。

その気になるように少しずつ、因果を含めていくことだ——。


「どうだい親方、もちっと強いほうがいいかえ？」

金四郎は甲斐甲斐しく、三津五郎の背中を流していた。

「そうさなぁ、右の肩ん下を強めに頼むぜ」

「よしきた」

金四郎の擦《こす》る手に力が籠もる。

こういう時も手の内を締め、小指と薬指を遊ばせないのは剣術の修行が身に付いているが故だ。

「あー、いい心持ちだぜ」

立ち込める湯気の中、三津五郎は目を細める。

文化年間は蒸気浴に代わり、全身浴が普及した時期である。

町の湯屋も様変わりをした。

蒸気を逃がさないために設けられていた柘榴口《ざくろぐち》は潜るのが難儀なほど低かったのが改まり、湯に浸かる前に腰を痛めてしまう恐れもなくなった。

その代わり男女の混浴を禁じるなど、松平越中守定信が老中首座を務めた寛政の頃から続く風紀《ふうき》の取り締まりは未だ厳しい。

故に金四郎の如く、反発する者も後を絶たぬのだ。

「なぁ金の字、明日は八朔《はっさく》だぜ」

三津五郎はさりげなく金四郎に語りかけた。

「どうしたんだい親方、そんなことは承知の上だよ」

「八朔にゃお旗本も大名も、白装束で総登城しなさるのが決まりだろ」

「へっ。同じ白無垢《しろむく》なら、吉原《よしわら》の女郎衆のほうがよっぽどいいやな」

「そう言うなよ。今年はまだ対馬へ行ってなさる親父さんの代わりに、お前の義理の兄《あに》さんが上様に御挨拶なさるんだろ？」

「ああ……さぞ得意げに登城しやがるこったろうぜ」

金四郎は不快げに吐き捨てた。

されど、三津五郎の背中を流す手付きは変わることなく慎重そのもの。

左肩には夜目にも見事な桜の花びらが、吹雪《ふぶき》の如く舞っていた。

二

月は明け、江戸は葉月。

八月一日すなわち八朔は、豊臣秀吉から関八州《かんはっしゅう》を授かった神君家康公が、江戸城に初めて入った日。幕府の数ある式日の中でも格別の記念日だ。

この日は全ての旗本と在府中の大名が将軍に拝謁し、徳川の天下を称える。

続々と登城する面々は、全員が白地の裃姿である。

文化八年の八朔は、陽暦の九月十八日だ。

秋の衣替えを長月《ながつき》九日の重陽《ちょうよう》に行うまでは足袋《たび》を用いぬのが決まりのため、正装をしていても全員が裸足《はだし》であったが、戦国の乱世を思えば何ほどのこともない。

かつて関八州で武名を馳せた太田道灌《おおたどうかん》の亡き後に放置され、廃墟と化していたのが改修を重ねて千代田の御城、又の名を白鷺城と呼ぶ壮麗な城郭に生まれ変わり、武家の棟梁の証しである征夷大将軍の職を代々受け継ぐ、徳川将軍家の居城に恥じない姿となったのは三代家光の世のことだ。

家康公が江戸城に住んだのは一時だけのことであり、存命中から二代将軍の秀忠《ひでただ》の居城として扱われていた。

この父子の間には、根深い対立があったという。

家康公の死因が鯛《たい》の揚げ物で腹を壊したことなのは良く知られているが、後の治療の誤りも含め、万事に慎重で医薬にも詳しかった家康公らしからぬ点が多い。秀忠による暗殺説が囁かれたのも無理からぬことだろう。

大御所となって実権を掌握し続けたのみならず、将軍職を徳川家の世襲とすることを明言しなかった父との相克《そうこく》故なのか、あるいは関ケ原《せきがはら》の戦いで実は討ち死にしていた家康公が影武者に入れ替わり、隠居の地とした駿河で独自に異国と交易を結び、江戸の幕府を脅かさんとしたのを危惧したが故とも言われるが、真相は定かではない。

ともあれ徳川将軍の座は二代秀忠から三代家光、四代家綱《いえつな》と受け継がれた。

この系譜《けいふ》には、秀忠の御台所であった江《ごう》の血も入っている。

織田信長《おだのぶなが》の血脈まで交えた系譜は家綱で絶え、館林《たてばやし》徳川家から養子に入った綱吉が五代、甲府《こうふ》徳川家の家宣《いえのぶ》が六代となった。

しかし家綱の嫡男で七代将軍となった家継《いえつぐ》は幼くして病に果て、紀州徳川家の吉宗が御三家で初の八代将軍として君臨《くんりん》。

九代家重《いえしげ》、十代家治と続く吉宗の血は今も尚、当代の将軍である家斉に脈々と受け継がれている。

この体制は自ずと成立したわけではない。

吉宗の四男の宗尹《むねただ》を祖とする、御三卿の一橋《ひとつばし》徳川家。

その二代当主である治済が企図し、入念極まる策を巡らせたことによって実現するに至った、野望の産物に他ならなかった。

しかも、治済は未だ満足するに至っていない。

一橋徳川の血脈が全ての徳川を支配する。

その日が訪れるまで、生きて全てを見届ける。

それが徳川治済という男の、切なる願いであった。

「ほっほっほっ、いつもながら壮観《そうかん》じゃのう」

いち早く登城した治済は、白装束で居並ぶ大名諸侯を前にして御満悦《ごまんえつ》。

当年取って七十一、孫を甘やかすのが楽しみの好々爺《こうこうや》にしか見えない。

その恐るべき本性を知っているのは実の息子の家斉と、野望を実現させるべく手足となって動いた面々のみ。

治済は労に報いることを惜しまぬ質で、力を尽くした者たちは、ことごとく出世を果たしている。

ただし田沼主殿頭《とのものかみ》意次と嫡男の意知《おきとも》の如く出世をし過ぎた者には非情であり、同じ御三卿の田安徳川家の松平越中守定信も、碌な扱いを受けていない。

一度は次期将軍候補から遠ざけた定信を治済は臆面もなく懐柔し、若くして十一代将軍となった家斉を補佐する老中首座を任せるも、家斉が成長するのを待って用済みとばかりに罷免している。

野望の実現のために手段を択ばぬ治済は、まさに一代の魔王であった。

その魔王の眷属《けんぞく》と言うべき者たちの中に、三人の男が居る。

林出羽守《はやしでわのかみ》忠英《ただふさ》、御側御用取次。

水野出羽守《みずのでわのかみ》忠成《ただあきら》、若年寄。

中野播磨守《なかのはりまのかみ》清茂《きよしげ》、小納戸頭取。

この三人は家斉が若年の頃から御側に仕えてきた、側近中の側近たちだ。

今日も揃いの白装束に身を固め、それぞれの席で神妙に控えながらも油断なく目を配るのに余念がない。

彼らの瞳が見据えているのは、治済が亡き後の己が立場。その立場をゆめゆめ失うことのなきように、要領よく立ち回るのに日々余念がなかった。

三

その頃、南町奉行所内の稽古場でひと汗流した若様は八丁堀の組屋敷に戻ってきたところであった。

しかし、誰も見当たらない。

俊平と健作は吉原の八朔見物に出かけるとあらかじめ聞いていたが、子どもたちはまだ手習いに行くには早い時分だ。

お陽まで家事を放り出していなくなるとは解せぬことだ。

「よぉ、若様」

若様が首をひねっているところに、訪ねてきたのは十蔵だった。

「お奉行の息子さんの稽古相手ってことで、南の御番所に大手を振って出入りが叶うようになったそうじゃねぇか」

「はい、おかげさまで」

「銚子屋の嬢ちゃんとちびどもなら出かけてるよ。今日は手習いの先生が休みだって知らせがあったんで、深川に連れてったぜ」

「まことですか？」

「それでお前さんに言伝《ことづて》を頼まれて、足を運んだって次第さね」

「かたじけのう存じます。されど、ご用向きはそれだけではないのでしょう」

「へへっ、察しが良くて助かるぜ」

笑顔で問い返した若様に、十蔵は苦笑い。

すぐに厳つい顔を引き締めたのは、その用の難儀さ故のことだった。

「用向きってのは、お奉行の彫物のことさね」

「……何かございましたのか」

「その顔を見たとこじゃ、お前さんも悪い予感がしていたみてぇだな」

「されば八森さんも、ですか」

「そうともよ。できれば当たってほしくなかったんだが、こういう嫌な夢ほど当たりやがる。源内《げんない》のじじいが御縄にされちまった時もそうだったよ」

一代の奇人であった平賀《ひらが》源内は、若い頃に本草《ほんぞう》学者を志していた十蔵の師匠だった人物だ。

「吉兵衛の野郎が瓦版屋《かわらばん》にネタを売ったみてぇでな、こんなもんが出回ってんだよ」

十蔵が若様に示したのは、刷られたばかりと思しき瓦版。

正しくは読売《よみうり》と呼ばれる瓦版は町奉行所の認可を受けて商いをしているが、全ての刷り元が真っ当なわけではない。

吉兵衛から直々に取ったと思しき談話を記事にして鎮衛の彫物を暴いたのは、好き勝手に書き立てたのを売りまくっては鳴りを潜め、ほとぼりが冷めた頃に同じことを繰り返す、もぐりの瓦版屋の仕業《しわざ》であった。

「……何故に、斯様な真似をしたのでしょうか」

「もちろん儲けになるからさ。かなりの礼金をふんだくったらしい吉兵衛はもちろん瓦版屋の野郎もな」

「お奉行が彫物をなさっているとの噂は、お江戸に広まって久しいと聞き及んでおりますが」

「その彫物が有るのか無《ね》えのか、はっきりさせとくべきだったんだよ」

「どういうことです、八森さん」

「今月中にな、彫物を禁じる町触が出ることになったんだ」

「町触？」

「町役人を通じて市中に通達する、御公儀の命令のことさね」

「お江戸の政に関わることとなれば、それはお奉行方も」

「ああ。お前さんの南町と俺んとこの北町、どっちも了承なすったことしか町役人は触れ廻らねぇ。つまり、責の帰するところはお奉行方ってことになるわけだ」

「…………」

町奉行所は江戸市中の司法に加えて行政を司る役所だ。行政に関することがむしろ多く、御用も繁多であった。

十蔵は淡々と続けて言った。

「この瓦版のせいでお奉行は噂半分じゃなく、ほんとに彫物を背負ってるってことになっちまったわけだ。そのお奉行が彫物停止《ちょうじ》の町触なんぞを出させたとなりゃ、町の衆はどう思うだろうな？」

「……裏切られた、と憤ることでしょう」

答える若様の顔は暗い。

たしかに十蔵の言うとおり、鎮衛は彫物を背負う身であることを明らかにすべきであったのだ。

しかし、時すでに遅し。

最後っ屁《ぺ》をかました吉兵衛を見つけ出し、今さら締め上げたところで意味はない。

町触が出ると同時に起きる騒ぎを思うと、溜め息を吐《つ》かざるを得ない若様だった。

四

葉月も末に至った二十六日、事態は二人が危惧したとおりになった。

「くそったれ、南の名奉行が聞いて呆れるぜ！」

「何が心得違いの儀だい！　こんな取り締まりをされたんじゃ、腕のいい彫師が江戸からいなくなっちまうじゃねぇか!!」

往来で怒声を張り上げるのは、め組の町火消たち。

大名や旗本の家に属する火消衆も、憤りを覚えたのは同じであった。

「おのれ肥前守、我らが絆《きずな》を何と心得おるかっ」

「全くでさぁ、殿様！」

中でも定火消《じょうびけし》を抱える旗本が、配下の臥煙《がえん》たちと一緒になって怒るのも無理はない。

火消とは命を懸ける覚悟なくして成り立たぬ仕事。

その覚悟の源《みなもと》が、揃いで背負う彫物だ。

火の手に巻かれれば肌身と共に焼けてしまい、亡骸の身許を確かめる術にならないかもしれない。

にもかかわらず彼らが同じ彫物を背負うのは、一心同体となるためだ。

それは町火消も同じだが、定火消は旗本の軍団。

配下の末端に属する臥煙も士分に非《あら》ざれど兵《もののふ》であり、背負う彫物は勇者の証し。

まさに漢《おとこ》の誉《ほま》れと言うべき存在を、禁止するとは何事か。

しかも南町奉行の鎮衛は、勘定奉行から町奉行と出世を重ねた身でありながら彫物をしていると噂が立って久しい身。

若い頃には無頼の暮らしを送っていたとも言われており、火消衆は一様に親しみを感じていた。

そんな気持ちがあったが故、こたびの始末は尚のこと腹が立つ。

怒っていたのは町の衆も同じである。

駕籠かきに飛脚、川並《かわなみ》と呼ばれる木場の人足。

いずれも身一つで日々の糧《かて》を稼いでいる、威勢のいい兄《あに》さんたちだ。

「ふざけやがって、くそったれ奉行が！」

「押しかけて文句の一つも言ってやりてぇな」

「そうだ、そうだ、石も投げてやろうじゃねぇか」

怨嗟《えんさ》の声が市中に高まる一方、金四郎も思わぬ事態に動揺を覚えていた。

持ち前の気の強さはどこへやら、留守番中の永木河岸の家で昼日中からふて寝するより他にない。所用で外出した三津五郎に留守を頼まれた以上、気晴らしに出かけるわけにもいかなかった。

「ご免」

玄関から訪いの声が聞こえてきた。

聞き覚えのある声だ。

金四郎は寝転がっていた畳から起き上がり、傍らに放り出していた大脇差を取る。

裏口から抜け出すや、行く手に二人の侍が立ちはだかった。

「お待ちくだされ、金四郎様」

「今日こそお屋敷にお帰りいただきまするぞ」

固い口調で言い渡したのは、遠山家に仕える侍たち。

「お生憎《あいにく》だな。悪いが手ぶらで帰《けえ》ってくんな」

一声告げるや背中を向け、金四郎は駆け出した。

そこに跳びかかったのは、物陰に隠れていた屈強な男たち。

頭数は侍と同じく二人でも、鍛え方が違う。

いずれも遠山家に仕える足軽で、近隣の旗本と共同で運営している辻番所《つじばんしょ》でも強面の番人として鳴らす面々だ。

無頼の暮らしで喧嘩慣れした金四郎も、屈強な足軽に二人がかりで組み付かれては動けない。

「は、放しやがれ」

抗う声も空しく両手両足を封じられ、為《な》す術もなく連れて行かれてしまった。

「ようやっと帰って参ったか、この馬鹿者め」

屋敷に連れ戻された金四郎を待っていた四十男は、義理の兄に当たる景善だった。

父の景晋が朝鮮通信使の饗応役の一人として対馬に渡っている間、遠山家を預かる立場でもある。

義理とはいえ弟の分際で、逆らうわけにはいかない。

それをいいことに、景善は嵩に懸かって告げてくる。

「これを機に性根を改めよ。いつまで家名に泥を塗るつもりか」

「……そいつぁ、お前さんも同じだろ」

「何だと？」

「遠山の家名を高めた親父の跡を継いで、手前は出世もせずに胡坐を搔いて安楽に生きようって魂胆なのは承知の上だい！　男なら人様を当てにしねぇで道を切り開いてみろってんだ!!」

「……それがおぬしの本音であったか」

景善は貧相な顔を強張らせながらも、負けじと金四郎を睨み付けた。

「だったらどうした、ひょうろく玉め」

「言いたいことはそれだけか」

「言い出したらきりがねぇが、今日のとこはこのぐらいにしといてやるよ」

「ならば好きにほざくがよい。近所迷惑にならぬ処《ところ》で、な」

不敵にうそぶいた金四郎に言い渡し、景善は席を蹴る。

入れ替わりに現れたのは、侍と足軽の面々だった。

「ご免」

告げると同時に足軽たちが跳びかかり、がっちりと金四郎を押さえ込む。

侍の一人は大脇差を奪い取り、いま一人は襟元に手を掛けた。

「ご無礼をいたしまするぞ」

断りを入れた上で返事を待たず、一気に両の肩を剝き出しにさせた。

「……お父上が戻られましたら、さぞお嘆きになられましょう」

「それがどうした？　お前たちもくそ義兄《あにき》の味方だろうが⁉」

「見くびらないでくだされ」

負けじと吠えた金四郎に、侍はひたと視線を向けた。

「表立っては申せませぬが、我ら家中一同は金四郎様が次のご当主となられますことを切に願《ねご》うております……そのことだけは、どうかお忘れなきように」

告げる口調に含むところは感じられない。

真摯な面持ちの侍の傍らに膝を揃え、朋輩《ほうばい》の侍も無言で頷く。

取り上げた大脇差はきちんと揃えた膝の前に置き、粗雑《そざつ》に扱ってはいなかった。

組み付いた二人の足軽も、黙したままで頷いている。

それは金四郎が初めて知った、己に寄せられる期待の重みであった。

五

鎮衛は今日も登城して早々に、老中の御用部屋に呼び出されていた。いつもの如く遅参をせずに下部屋に顔を見せた、正道も一緒である。

「……参ったか」

信明は御用部屋で頭を抱えていた。

老中同士の密談に用いる火鉢の前に座り込み、ぐったりとしている。まだ炭を熾《おこ》す時期ではないため、火傷をする恐れが無いのは不幸中の幸いだった。

「話と申すは、肥前守が彫物のことじゃ」

信明は大儀そうに顔を上げるや、話を切り出した。

朝一番で呼び出した二人の労を、ねぎらうどころではないらしい。

「肥前守。直截に問うが、はきと答えよ」

「…………」

「おぬしが彫物を背負うておるとの風聞は、まことなのか？」

「……ご無礼ながら、お答えいたしかねまする」

それは町触を出す前にも問いかけられ、答えを濁したことだった。

その時は信明も再三に亘って問うことをせず、たかが噂と甘く見ていたらしい。

まさか町民ばかりか火消を抱える旗本や大名までもが立腹し、真偽の程を正すべく申し入れてこようとは、信明も予想だにしていなかったのだ。

「いま一度問う。おぬしの両の肩に椿の彫物があると申すは、まことか否か」

「……ご容赦くだされ」

「おぬしに対する不審の声があがって止まずにおると申すに、まだ答えられぬと申すのか……」

信明は力なくつぶやいた。

好んで問い詰めたいわけではないのである。

こたびの町触は市中の民の彫物を取り締まる、通り一遍の文言《もんごん》を並べ立てさせた裏で、将軍家御直参にあるまじき不良御家人を懲らしめるのが真の目的であった。

しかし、その思惑は完全に裏目に出た。

町触の内容を知るに及んで最も激怒したのは、定火消役を仰せつかった旗本たち。

日頃は仲の悪い町火消のみならず大名火消とも手を携え、横暴に過ぎると怒りの投書で目安箱を溢れ返らせ、すでに家斉の知るところとなっていた。

評定所の門前に設置された目安箱は広く集めた意見を政に活かさんと、八代吉宗が始めさせた制度。

ふざけた投書をすれば無事では済まぬことぐらい、旗本たちは承知のはずだ。

揺るがぬ誇りをもって配下の臥煙が背負う彫物を、否定されたくないのである。

質素倹約を重んじると同時に風紀を厳しく取り締まり、旗本と御家人で違反した者に容赦なく腹を切らせた松平越中守定信も、彫物にだけは口出しをしていない。

その定信を手本と仰ぐ身でありながら、信明はやり方を誤った。

これは鎮衛も責任を問われるべき問題である。

だが、今は関わらせてはなるまい。

「備後守、こたびの騒ぎの始末は月番のおぬしが配下に命じて執り行わせよ」

「心得ました。その上で、それがしも出張るべきかと存じまする」

「されば定火消を任せよう。大名火消は身共が鎮《しず》める」

信明は腹を括ったようである。

「さすがのお覚悟。それがし感服つかまつりまする」

返す正道の言葉にも、自ずと熱が込められた。

「おぬしもな。しかと頼むぞ」

それだけ告げて、信明は席を立つ。

「肥前守殿」

続いて正道も腰を上げ、鎮衛を促した。

「……かたじけない」

「何のこれしき、貴公におかけして参ったご迷惑に比べれば、易きことにござる」

詫びる鎮衛に笑みを返して、正道は先に立つ。

二人の町奉行が急ぎ下城していくのを、一人の男が複雑な面持ちで見送っていた。

御側御用取次の林出羽守忠英だ。

忠英は先頃、正道に思わぬ弱みを握られた。

公にされれば身の破滅なのは、御禁製品の極みを手にした正道も同じこと。

滅多な真似はすまいが、忠英も以前の如く強気には出られない。

「出羽守殿、しっかりせい」

肩を落として踵を返す忠英に、声を掛けたのは中野清茂。

当年四十七の清茂は、忠英と同い年。若い頃から頭は切れるが力強さに欠けていた忠英に対し、精悍さと知性を兼ね備えた顔立ちをしていた。

面長の顔は頬骨が高く、小さな双眸は黒目がち。

身の丈は並だが、均整の取れた体つき。

手足は長いがひょろりとはしておらず、適度に太く、鍛えられている。

いま一人の同志である水野出羽守忠成が見るからに剽悍《ひょうかん》で男臭い雰囲気を漂わせているのに対し、常に静かなたたずまいを崩さぬ男であった。

「さ、参ろうぞ」

清茂に促され、向かった先は御側御用取次の詰所。

将軍の御座《ござ》の間に近い場所だけに迂闊に近づく者はなく、その将軍が更に奥の御小《おこ》座敷などに引っ込んでいる時は尚のこと、密談を聞かれる恐れはない。

すでに忠成が詰所に入り込み、悠然《ゆうぜん》と茶を啜っていた。

「茶坊主は追い出した故、大事ないぞ」

余裕で微笑むのを受け流し、清茂は慎重に辺りの気配を探る。

その上で障子を閉め切り、改めて二人に向き直った。

「肥前守め、鼠賊《そぞく》を御縄にしたのが裏目に出おったな」

口火を切ったのは忠成だ。

「されど、人の噂も七十五日と申すであろう?」

おずおずと異を唱えたのは忠英。

正道に弱みを握られて以来、見るからに弱気だった。

「しっかりせい。これをお誂え向きと申さずして何とするのだ」

「その意見には賛成いたす」

おもむろに清茂が口を挟んだ。

三人の狙いは南北の町奉行の首を挿《す》げ替え、自分たちにとって都合のいい者を後釜《あとがま》に据えること。

しかし鎮衛は手強《てごわ》く、これまで隙を見出せなかった。

そこに降って湧いたのが、信明の不手際が招いた、こたびの騒ぎだ。

「町触に事寄せて不埒な御家人どもを取り締まるのが小知恵伊豆の狙いなれば、肥前守を苦境に追いやる気はもとより皆無であったはず……左衛門尉が倅についても咎め立てする気はなかったのだろうよ」

「その倅が使えるぞ、おぬしたち」

忠成の言葉を受けて、おもむろに清茂が切り出した。

「何とする気だ、中野？」

「そやつを囮《おとり》に、肥前守を誘い出すのだ」

「左様なことができると申すのか」

「ふっ、私の手の者を見くびるでないわ」

二人に問われて答える面持ちは、穏やかながら自信に満ちている。

「相手は町奉行、それも年寄りなれば難儀だぞ」

忠英が不安を否めぬ様子でつぶやいた。

「まことだな。おなごならばどうとでもなろうが、じじいを裸に剝くのは身共の手練手管を以てしても難しいのう」

続いてぼやいた忠成は、名うての女泣かせである。

そんな二人の反応をよそに、清茂は揺るがぬ自信を込めて言った。

「そのじじいと若造を二人まとめて晒さば、この上なき見世物ぞ」

「晒すだと？」

「おぬし、正気か」

「あやつらの屋敷に使いの者を差し向ける故、まぁ、見ておれ。明日の朝には日本橋の高札場《こうさつば》を、黒山の人だかりで埋め尽くしてやろう」

六

その頃、若様は十蔵と共に木挽町を訪れていた。

休業中と承知の上で森田座の芝居小屋に足を運んだのは、金四郎が立ち寄っているのを期してのこと。

三津五郎の家から姿を消したまま、その行方は杳《よう》として知れずにいた。

「やっぱり見かけねぇな、遠山の若様」

「はい……」

空振りに終わった二人は、肩を落として歩き出す。

八丁堀に戻ってみると、健作が駆けてくるのが目に留まった。

「どうしましたか、平田さん」

「どうしたもこうしたもあるまいぞ、若様」

いつも冷静な健作が、今は動揺を隠せずにいる。

「遠山の若殿だが、お屋敷に連れ戻されてしもうたそうだ」

「ほんとかい、お若《わけ》えの」

「偽りを申して何となる。今頃は沢井がお屋敷を探っておるはずだ」

そんな言葉を交わしているところに、壮平がやって来た。

「よぉ壮さん、二丁町じゃなかったのかい」

早々に問いかけたのは十蔵だ。

「左様。三津五郎を市村座に訪ね参りて、急ぎ戻ったところぞ」

「相変わらずの売れっ子だからな。話もおちおちできなかったろ？」

「それが体調が優れぬとかで、家に帰ってしもうておるそうだ」

「じゃ、会えなかったのかい？」

「なればこそ戻って参ったのだ。これから出直す故、おぬしも来い」

「おう、合点だ」

十蔵は二つ返事で答えると、若様に向き直った。

「お前さんも付き合いな。じっとしてられねぇんだろ」

「はい」

「そうこなくっちゃいけねぇや」

素直に頷いた若様に、十蔵は厳めしい顔を綻ばせた。

三津五郎は永木河岸の邸宅に引きこもり、床《とこ》から起き上がれずにいた。

「病は気からって言うのはほんとだな」

「面目次第もありやせん」

日頃の壮健《そうけん》ぶりを知る十蔵に呆れられ、三津五郎は恥じた様子でつぶやいた。

「ところで旦那がた、こちらさんは？」

「銚子屋の世話になっておる若い衆だ。拳法という唐渡りの武術の心得がある故、南の御番所でも教えておる」

「へぇ、そいつぁお見それしやした」

壮平の紹介に、三津五郎は素直に驚く。

「お見知りおきを、大和屋殿」

その紹介に異を唱えることなく、若様は三津五郎に挨拶をした。

そもそも番外同心であることを知られるわけにはいかない。役者好きの俊平が一緒でなかったのは幸いだった。

「もしかして、若様って呼ばれてなさるお人ですかい」

そんな思惑に反し、三津五郎はふと気付いた様子で問うてくる。

「おぬし、存じておったのか」

「そりゃ、目と鼻の先でございやすからね」

驚く壮平に笑みを返した三津五郎は、改めて若様に向き直った。

「お前さん、まだ若え《わけ》のに大した貫禄でございやすね」

「左様なことはありますまい」

「いやいや、金の字に見習わせてぇくらいでさ」

「本日お訪ねしました用向きは、その遠山の金四郎様のことなのです」

誉め言葉を真に受けず、若様は問い返す。

「それじゃ、行方が分かったんで⁉」

「存じ寄りが調べましたところによると、お屋敷に連れ戻されたそうです」

「やっぱり左様でしたかい」

三津五郎は溜め息交じりに言った。

「折を見て帰るようにって、意見をしてやるつもりでいた矢先にそんなことになっちまうたぁ、金の字もかわいそうな奴ですねぇ……」

「気の毒がるのはまだ早いぜ、親方」

十蔵が話に割って入った。

「お前さんも知ってのとおり、遠山の殿様はまだ対馬に居なさるんだ。ご当主気取りになってお屋敷で幅を利かせてんのは、景善って義理の倅だよ」

「そいつぁ存じておりやすが、金の字はこれからどうなるってんですかい。まさか御目付筋に引っ張られて、御咎めを受けるって次第じゃありやせんよね」

「残念ながらあり得るこった」

「左様。お父上の遠山左衛門尉殿を羨《うらや》む者は御同役にも多い故な」

十蔵の答えに壮平が言い添えた。

「だけど景善様も金の字の義理の兄貴だ。そんな勝手は見逃すめぇと思いやすが」

「そこが思案のしどころだぜ」

三津五郎に答えた十蔵は、続いて若様に向き直った。

「なぁ若様、もう一つ心配の種が芽を出しちまったんだがな」

「お聞かせください、八森さん」

「お前さんのお奉行だよ」

「どういうことです」

「金四郎さんをネタにして遠山の殿様をぶっ潰そうって手合いが居やがるなら、同じことを南のお奉行相手にやらかそうってのも居るんじゃねぇかい？」

「……あり得るな」

壮平がすぐさま首肯した。

「ということは、お奉行の許にも」

「誰ぞ剣呑《けんのん》な手合いを差し向けられてるかもしれねぇぜ」

「されば、放ってはおけませぬ！」

「そういうこった。急いで数寄屋橋に駆け付けな」

さっと腰を上げた若様に告げるなり、十蔵も立ち上がった。

すでに壮平は敷居を越え、玄関に向かっていた。

「じゃあな親方、せいぜい養生するんだぜ」

「かっちけねぇ八森の旦那。若様も金の字のこと、くれぐれもお頼み申しやす」

三津五郎は深々と頭を下げ、十蔵と若様を部屋から送り出した。

七

遠山家の屋敷の前では、金四郎が思わぬ輩に絡まれていた。

「さすがは中野様のお先触《さきぶれ》、手を打つのがお早いことぞ」

「何でぇ、てめぇは！」

「うぬを迎えに参ったのだ。義理と申せど愚かな兄を持つと苦労するの」

じりじりと迫り来たのは、眼光鋭い浪人者。

同様の風体をした二人を伴い、清茂の使いの脅しに屈した景善によって遠山家から厄介払いをされたばかりの金四郎を取り囲んでいた。


同じ頃、下城した鎮衛は私室で着替えを始めていた。

「……何奴じゃ」

誰何《すいか》するなり向き直り、衣桁《いこう》の陰に身を潜めていた相手を睨み据える。

「ほほほ、さすがは南の名奉行様。お年を召しても勘が鋭うございますのね」

「年寄りをからかうために、昼日中《ひるひなか》から忍び込んだわけではあるまい。用向きあらば早う申せ」

「左様に願えますれば幸いです。あたしも今日は二軒目のお使いで疲れてますから」

動じることなく答えた相手は着流しの裾をはしょり、股引を穿いた足を剝き出しにしていた。口ぶりとは裏腹に安定した立ち姿である。

六尺手ぬぐいで頰被りをした顔までは窺い知れない。

しかし股引の豊かな張りは、熟れた女人そのものだ。

「お奉行様、六つに浜町の河岸までお越しくださいませんか」

「ちょうど日が暮れる間際だの。逢魔《おうま》が時に、何の用事じゃ」

「お目にかけたいお人が居るんですよ」

「何者じゃ。勿体を付けずに申せ」

「遠山金四郎様、ですよ」

「左衛門尉殿のご子息を、身共に会わせて何とする？」

「いえね、彫物比べをしていただきたいんですよ」

「彫物比べ、だと」

「お奉行がひた隠しになすっておられるのを、ただで拝見しようってのは、あたしんとこの殿様もお気が引けるそうでしてね、若造で釣り合いが取れるかどうかは定かでないが、曲げてお越しいただきたいと」

「ふざけたことを申すでないわ」

「まぁ、お怒りになられたお顔も勇ましいこと。奥方様が羨ましゅうございます」

　思わず怒気を滲ませた鎮衛に微笑みを返すや、足元を蹴って跳ぶ。

　いつの間にか羽目板が外されていた天井裏に、その姿は吸い込まれるように消えていった。

若様が役宅の廊下を走り抜けた時、すでに鎮衛は出かけた後だった。

「夜釣りに出るって言ってたんだが、違うのかい？」

「これは罠に相違ありません！」

戸惑う杢之丞に向かって告げる若様は、動揺を隠せない。

「話は分かったよ。とにかく父上の後を追おうじゃないか」

若様を落ち着かせ、杢之丞は二人して奉行所を後にする。

即断即決は吉と出た。

「父上、そのお形《なり》のどこが夜釣りですか」

「おぬし、何故に……」

裏門の前で気まずそうに答える鎮衛は、墨《すみ》染めの筒袖に綿の袴を穿いていた。

いつものお忍びでは腰にしない刀を帯びたばかりか、着物の下には鎖帷子《くさりかたびら》。

己一人で片を付け、かどわかされたと察した金四郎を救出する所存だった。

八

若様は二人に先立ち、浜町河岸に向かっていた。

十蔵と壮平に知らせる余裕もない。

そこに旧知の頼れる若者が現れた。

「由蔵《よしぞう》さん？」

「若様」

北町奉行の永田正道と御側御用取次の林忠英の抗争に巻き込まれ、危ういところを若様に助けられた由蔵だ。

「その節はお世話になりやした」

「傷は治ったようですね」

「へいっ。おかげさんで」

「ところで由蔵さん、どうして私の後を」

「和田の旦那に頼まれたんですよ。数寄屋橋までひとっ走りして、若様がどう動くのかを見届けろ、ってね」

「左様だったのですか」

悪びれることなく答えられては、若様も苦笑いをするしかなかった。

植木屋で人足として働きながら物書きを目指す由蔵は十蔵の組屋敷の部屋を無料で借り受け、書き溜めた原稿を保管してもらう見返りに下っ引きの如く、事件の探索を手伝っている。尾行も手慣れたものだった。

「それで若様、何をしてなさるんです？」

「程なく船が参ります。それを押さえるためですよ」

「その船ってのはよ、遠山の若殿を連れ去りやがった奴らの持ち船だぜ」

物陰に身を潜め、小声を交わす二人の間に、野太い声が割って入った。

「沢井さん？」

「よぉ若様、奇遇《きぐう》だな」

「何とされたのですか」

「遠山の屋敷の前に張り込んだって平田から聞いてるだろ。そこで腕っこきの浪人が三人がかりで、若殿を連れて行きやがるのを見ちまったんだよ」

「それで後を追って来られたと」

「ああ。その場で助けようにも、三対一じゃ分が悪くてな」

恥じた面持ちで告げながら、俊平は川面に視線を向ける。

「あれだよ、若様」

「……異な造りの船ですね」

若様がそうつぶやいたのも無理はない。

金四郎が乗せられたのは、奇妙な形をした屋根船だった。

「あれは湯船《ゆぶね》ですよ」

答えたのは由蔵だ。

「屋根船の中を湯屋《ゆや》みてぇな設えにしたもんで、法螺貝《ほらがい》の音を合図にして客を集めるんでさ。こないだ八森と和田の旦那が御用にしなすった、あぶな絵の一味が隠れ蓑《みの》にしていたそうですよ」

「されど御用になったのならば、その船は没収されたのでしょう？」

「仰せのとおりでございやすが、湯船を悪事に使おうって考える奴がそう何人も居るとは思えやせん。黒幕は同じ奴じゃねぇんですかい」

若様の疑問に答えると、由蔵は続けて申し出た。

「どっちにしても、若様お独りじゃ荷が勝ちやすよ。お前さんが幾ら強くても人質が居るんじゃ不利でござんしょう？」

「……和田さんを呼んでください」

「心得やした。八森の旦那もお連れしやすよ」

「そうと決まれば、後は行方を突き止めるだけだな」

二人の話が済むのを待って、俊平がにやりと笑う。

折しも湯船は鎮衛を乗せ、暮れなずむ空の下に漕ぎ出したところであった。

九

心ならずも鎮衛を独り行かせた杢之丞は、後を追ってきた譲之助に健作を加えた三人で河岸伝いに追跡を始めたところであった。

「若様は何としたのだろうな、杢さん」

「心配するには及ぶまいぞ。身を隠しつつ、我らと同様に湯船《あれ》を追っておるはずだ」

黙って歩みを進める杢之丞に代わって、答えたのは健作だ。

「何者かは分からぬが、遠山の若殿のみならずお奉行まで虜にせんとする狙いは彫物を暴き、世間に晒すことに相違あるまい」

「そのぐれぇは察しがついてるよ」

健作のつぶやきに、杢之丞はぼそりと答える。

「……相手は尋常ならざる者どもに相違ないぞ」

譲之助がおもむろに口を開いた。

「どういうことだ、譲之助さん？」

「町の衆は文句は申せど、ここまでの真似はすまい。定火消もまたしかりだ」

「それじゃ、糸を引いてやがるのは」

「かねてより殿の失脚を狙うておる、我らが宿敵に相違ない」

健作の問いかけに答える譲之助は、動揺を見せずにいる。

鎮衛が承知の上で敵の誘いに乗ったと杢之丞から聞かされ、後を追う自分たちが腹を括らずして何とするのかと思い至ったからだった。

「そいつがお奉行だけじゃ飽き足らねぇで、遠山の殿様まで御役御免にさせようとしやがるのはどうしてだい」

今度は杢之丞が問いかけた。

「左衛門尉様はいずれ長崎奉行、ひいては町奉行となられるであろうお方だ。今の内に叩いておこうということだろう」

「お奉行が寄る年波で御役目から退きなすった後を受け、名奉行になってくれそうな芽まで潰そうってのか……」

譲之助の答えを耳にして、健作は憤りを隠せぬ様子。

若い三人は怒りを覚えながらも気配を殺し、日が沈んだ空の下を進みゆく。

若様と俊平も河岸の反対側に沿い、ひたと湯船を見据えながら追っていた。

十

元が屋根船である湯船の周囲には、障子が張り巡らされている。

閉め切られた中では鎮衛が丸腰にされようとして、一枚ずつ着衣を脱がされている最中であった。

すでに日は沈み、船は大川に出たところ。

ゆるゆると下流に向かって進みながらも、舳は左を向いていた。

行く手に見えてきたのは、洲崎の土手。

その先にあるのは深川六万坪だ。

「どうした肥前守、落ち着かぬのか」

「年寄りのことだ。大目に見よ」

「それほど口達者ならば大事あるまいに」

浪人は苦笑いを浮かべながらも容赦せず、袴を脱がせたばかりである。

仲間の一人は帯を解き、更に筒袖に手を掛けた。

これ以上脱がされれば、彫物が露わになる。

それと承知で抗わぬのは、金四郎を人質にされているからだ。

金四郎は裸に剝かれ、湯船に浸からされている。

猿轡《さるぐつわ》を嚙まされ、呻くばかりで声は出ない。

残る一人の浪人は抜き身の刀を手にして、いつでも金四郎を突くことのできる態勢を取っていた。

「肥前守、いよいよだな」

「……好きにいたせ」

「それには及びませんよ、お奉行」

覚悟を決めたつぶやきの直後、脇の障子が突き破られた。

飛び込んできたのは若様だ。

「うぬっ」

金四郎の傍らに居た浪人が、どっと湯船に転がり落ちる。

「おのれ」

「くっ！」

鎮衛を脱がせていた二人が色めき立った。

その瞬間、一同の足下がぐらりと揺れた。

乗ってきた船ごと体当たりを仕掛けたのは、追いついたばかりの十蔵と壮平。

以前に証拠品として押収した湯船を駆っての登場であった。

「二度あることは三度あると申すのはまことだな」

横付けして乗り込むなり壮平が見据えたのは、鎮衛の袴を脱がせた浪人。

「ここで会ったが百年目とも言うぜ」

十蔵もどんぐり眼《まなこ》を細め、浪人を見返していた。

「お前、こないだはよくも口封じをしやがったな」

十蔵が口にしたのは処も同じ六万坪で、あぶな絵の一味を追いつめた時のこと。

用心棒として一味に加わっていた浪人は、十蔵と壮平の目前で仲間たちをまとめて斬り捨て、一人で逃げ去ったのだ。

「壮さん。まずは飛び道具だぜ」

「分かっておる。常の如く、だ」

壮平は左腕を浪人に向けていた。

袖口から放たれたのは、鋼の矢。

袖箭《ちゆうせん》と呼ばれる飛び道具は、唐渡りの暗器《あんき》だ。

「見くびるなっ」

浪人の抜き打ちが鋼の矢を両断する。

だが、それは囮に過ぎない。

続いて壮平が手にしたのは、金四郎の大脇差。

置かれている場所を計算の上、船の中に乗り込んでいたのだ。

鞘を引く手も見せずに浴びせたのは峰打ちだった。

瞬間、どっと浪人の体が跳ね上がる。

何者かが灯火を頼りに狙いを定め、峰打ちで失神する前に鉛《なまり》の弾を撃ち込んだのだ。

残る二人の浪人も、続けざまに血煙を噴き上げた。

「伏せろい」

十蔵の注意を受け、さっと一同は洗い場を兼ねた船床《ふなどこ》に這った。

「詰めの甘い者どもめ……」

屋根船の中でつぶやく清茂は、奇妙な形の銃を手にしていた。

気砲《きほう》。

風銃とも呼ばれる、殺傷能力を備えた空気銃だ。

瓦版屋、そして吉兵衛はすでに口を封じ、亡骸は深川六万坪に棄てた後。

先頃に不祥事を起こした徒目付の罪一等が減じられ、自裁を許される理由となった悪商人の父娘の亡骸は所持品が共に見つかって身元を特定されたそうだが、丸裸ではどうにもなるまい。その始末をさせた浪人たちも清茂の手によって引導を渡した以上、もはや露見する恐れは皆無。生き証人を失った鎮衛が目付筋へ訴え出たところで相手にされぬし、遠山家は保身の強い景善が金四郎に何もさせまい。

清茂は抜荷で手に入れたものを含め、十挺もの気砲を所持している。その十挺の中から三挺を持参し、浪人の口封じに用いたのだ。

気砲は火縄銃《ひなわじゅう》に匹敵する威力を発揮する反面、扱いに手間がかかる。火縄銃と同様に一発ずつしか撃てない上に手動で空気を圧縮し、銃床の内に設けられた空洞を満たさなければならない。

所持する全てを持ち込んで支度を調え、一挺ずつ取り替えながら狙い撃てば全員を仕留めることも不可能ではなかっただろう。

敢えてそうしなかったのは、鎮衛を南町の名奉行のままで死なせたところで意味がないからだった。

鎮衛が金四郎の身柄を取り返しに出向くのに際し、誰にも委細を明かさなかったと判じるのは楽観に過ぎる。

鎮衛の跡取り息子の杢之丞に手の者と思しき三人の若い男、のみならず北町の爺様と異名を取る八森十蔵と和田壮平まで助けに駆け付けたとなれば、南町奉行所はもとより北町奉行の永田備後守正道にも知られたと見なすべきだ。

全員が死んだと正道が知るに及べば、これは鎮衛が遠山家の御曹司を救うべく一命を賭《と》した結果と御公儀に報告し、世間も知るところとなるだろう。

それでは町触の件で失われた鎮衛の人気が持ち直すばかりか死しても絶えず、新たに南町奉行となる者の影が薄くなる。市中に蠢く悪人どもも調子に乗るに相違ない。町奉行は人気があり過ぎては困るが、役立たずに過ぎては本末転倒。鎮衛、そして正道にもいずれは不名誉な最期を遂げさせ、誰を後釜に据えても不足がないようにしなくてはならぬのだ。

「お殿様、左様に暗いお顔をなさらないでくださいな」

船尾から清茂に語りかけたのは着流しの裾をはしょり、櫓を握った若い衆。

「分かっておる……今宵のところは引き揚げだ」

「はぁい」

答える声は、ふざけていても艶《つや》っぽい。

暗い川面の上でも女人と分かる匂いに加え、股引の張りが悩ましかった。

十一

湯船は人目に付かぬように停泊していた。

中では十蔵と壮平が浪人たちの亡骸を検めていた。

「いけやせんね。これはって代物は何一つ持っていやせんよ」

「……こやつらも同じにござる」

溜め息を吐く二人の傍らでは、杢之丞が浪人の刀を見ていた。

俊平と健作も同様に検分している。

「末備前《すえびぜん》の数打ちだ。この蛙子《かわずこ》の如き丁子刃《ちょうじば》は長船《おさふね》一門に相違ない」

灯火に浮かぶ刃文を前にして、杢之丞がつぶやいた。

「こっちは美濃《みの》の関鍛冶《せきかじ》でしたぜ」

「三本杉ならぬ二本杉だが、切れ味は侮れぬ」

　俊平に続いて、健作がつぶやく。

　三本杉とは、戦国の乱世に刀剣の一大産地として知られた美濃国を代表する関鍛冶の中でも特に有名な、孫六兼元《まごろくかねもと》が得意とした刃文である。

　文字どおり杉の木が三本ずつ並ぶが如き刃文が力強い孫六の作は、切れ味も鋭い剛《ごう》剣《けん》として人気が高いが、その弟子に当たる一門が量産した刀も侮れない。

　その点は備前刀も同様で、末備前と呼ばれる戦国末期の量産品も実戦向けの剛剣として、武芸者の間では人気が高い。

　すでに合戦の趨勢《すうせい》は火縄銃を所有する数で決まる時代となっており、刀を抜くことになるのは負け戦とあって常勝の軍に属した徒歩武者や足軽は抜くことがなく、良好な状態で後世へ伝わったのだ。

「こいつらは浪々の身でも気概は高かったようでございやすね。そうだろ壮さん？」

「左様。各々方には釈迦《しゃか》に説法《せっぽう》でござろうが、腕に覚えの者ほど今出来《いまでき》の新刀には目も呉《く》れず、数打ちから選りすぐりし一振りを腰にするものでござる」

「ということは、雇い主も……」

「そこらの商人じゃねぇだろうよ、若様」

「察するに、相応の地位に在る旗本ぞ」

「大名ってことはねぇのかい？」

「そいつぁあるめぇよ、若いの」

「八森が申すとおりぞ沢木。お大名が町方と敵対しても良きことはない故な」

「されば旗本の御大身で、お奉行を快く思わぬ者ということか……お奉行⁉」

健作の動揺した声を受け、語り合っていた一同は鎮衛に視線を向けた。

金四郎は介抱されながらも、まだ目を覚ましていない。

それを確かめた上で、鎮衛は一同に向き直った。

一度は着直した袴を脱ぐや、膝を揃えて座ったのだ。

帯前から鞘のまま抜いた脇差を前に置くや、帷子の前を広げる。

切腹に及ぶのと同じ振る舞いに、一同は思わず身を乗り出した。

しかし、鎮衛は脇差には触れもしない。

前を広げたのに続いて肩を出し、鎖帷子も脱いで上半身を露わにする。

「お奉行⁉」

「おぬしたちには見せておこう。これがわしの彫物だ」

そう言って鎮衛が晒した彫物は、両肩から腰までを覆っていた。

「拝見させていただきやす」

先んじて躙り寄ったのは十蔵だった。

まず両肩の彫物に目を凝らす。

「こいつぁ椿じゃありやせんね……ううん、侘助《わびすけ》でもねぇや」

「どちらかと申せば芍薬《しゃくやく》であろう」

首をひねった十蔵を壮平が否定する。

こちらも鎮衛の背中に身を寄せて、両の肩を注視していた。

「いずれも外れじゃ。これは花には非ず。太陽を象《かたど》りしものぞ」

「言われてみりゃそうかもしれねぇ」

「どうして二つあるんです」

「お日様も月と同じで浮き沈みするだろ若様。右の肩が東、左が西ってこったろう」

「これは古の文様……倭人伝《わじんでん》の頃のものではござらぬか」

壮平が確信を込めて問いかける。

「図星《ずぼし》じゃ、和田」

鎮衛は隠すことなく答えていた。

「これなる彫物を施されたのは、志賀島《しかのしま》の先……玄界灘《げんかいなだ》の離れ島であった」

「志賀島と申さば、あの金印《きんいん》の」

壮平が驚きも新たにつぶやく。

それは天明四年（一七八四）に突如として出土した、『漢委奴国王《かんのわのなのこくおう》』の五文字が入った金印のことである。

この金印は、古の唐土で書かれた『後漢書《ごかんじょ》』の当時の日の本に関する記述が史実であると裏付けた、太古の歴史の証しである。

そして鎮衛が背負う彫物は当時の神官が背負った、古の文様そのものであったのだ――。

時代小説
二見時代小説文庫

南町《みなみまち》 番外同心《ばんがいどうしん》2 八丁堀《はっちょうぼり》の若様《わかさま》

二〇二二年 九 月二十五日 初版発行

著者 牧《まき》 秀彦《ひでひこ》

発行所 株式会社 二見書房
〒一〇一-八四〇五
東京都千代田区神田三崎町二-一八-一一
電話 〇三-三五一五-二三一一［営業］
〇三-三五一五-二三一三［編集］
振替 〇〇一七〇-四-二六三九

印刷 株式会社 堀内印刷所
製本 株式会社 村上製本所

落丁・乱丁本はお取り替えいたします。定価は、カバーに表示してあります。
©H. Maki 2022, Printed in Japan.
ISBN978-4-576-22131-1
https://www.futami.co.jp/

牧 秀彦

北町の爺様

シリーズ

以下続刊

①北町の爺様1 隠密廻《おんみつまわり》同心

隠密廻同心は町奉行から直《じか》に指示を受ける将軍にとっての御庭番《おにわばん》のような御役目。隠密廻は廻方で定《じょう》廻と臨時《りんじ》廻を勤め上げ、年季が入った後に任される御役である。定廻は三十から四十、五十でようやく臨時廻、その上の隠密廻は六十を過ぎねば務まらない。北町奉行所の八森十蔵《やもりじゅうぞう》と和田壮平《わだそうへい》の二人は共に白髪頭の老練な腕っこき。早手錠《はやてじょう》と寸鉄《すんてつ》と七変化《しちへんげ》を武器に老練の二人が事件の謎を解く！「南町　番外同心」と同じ時代を舞台に、対を成す新シリーズ！

二見時代小説文庫